MW01049475

GENEVIÈVE
Leclerc

Les éditions la courte échelle inc.

Bertrand Gauthier

Bertrand Gauthier a toujours aimé la course. Il a d'ailleurs déjà couru quelques marathons. En plus d'avoir enseigné le français au secondaire, il a fondé les éditions la courte échelle. Tout ça pour se tenir en forme. Et il écrit beaucoup. Des albums pour les tout-petits et des romans pour les plus grands.

Ses héros sont devenus la coqueluche des jeunes. Tout le monde connaît maintenant Zunik, les jumeaux Bulle et Ani Croche. Et tout le monde les adore. Quoi de plus normal, les jeunes aiment lire et il aime leur raconter des histoires.

Quand Bertrand Gauthier écrit, il tient compte de l'opinion de ses lecteurs. Il peut d'ailleurs en prendre connaissance dans les nombreuses lettres de jeunes qui lui disent qu'ils se reconnaissent dans ses livres.

Pour *Je suis Zunik,* Bertrand Gauthier a reçu le prix Alvine-Bélisle qui couronne le meilleur livre jeunesse de l'année, et le prix Québec-Wallonie-Bruxelles. Certains de ses livres ont été traduits en anglais et en chinois.

En plus des six albums de la série Zunik, *Une chanson pour Gabriella* est le huitième roman qu'il publie à la courte échelle.

Du même auteur, à la courte échelle

Collection albums

Série Zunik:
Je suis Zunik
Le championnat
Le chouchou
La surprise
Le wawazonzon
La pleine lune

Collection Premier Roman

Série Les jumeaux Bulle:
Pas fous, les jumeaux!
Le blabla des jumeaux

Collection Roman Jeunesse

Série Ani Croche:
Ani Croche
Le journal intime d'Ani Croche
La revanche d'Ani Croche
Pauvre Ani Croche!

Collection Roman+

La course à l'amour

Les éditions la courte échelle inc.
5243, boul. Saint-Laurent
Montréal (Québec) H2T 1S4

Illustration de la couverture:
Gérard Frischeteau

Conception graphique:
Derome design inc.

Révision des textes:
Odette Lord

Dépôt légal, 3e trimestre 1990
Bibliothèque nationale du Québec

Données de catalogage avant publication (Canada)

Gauthier, Bertrand, 1945-

    Une chanson pour Gabriella

    (Roman+; R+11)
    Pour les jeunes.

    ISBN 2-89021-134-7

    I. Titre.   II. Collection.

PS8563.A97C52 1990   jC843'.54   C90-096222-4
PS9563.A97C52 1990
PZ23.G38Ch 1990

Bertrand Gauthier

Une chanson pour Gabriella

Chapitre 1

Un lundi pas comme les autres

— Station ESPOIR, terminus, tout le monde descend.

En ce lundi matin pluvieux, le chauffeur d'autobus vient me tirer de mes réflexions. Mêlé à la foule anonyme, je me dirige rapidement vers les portes de la station de métro. Je n'ai pas de parapluie, je n'en ai jamais eu. Pourtant, je devrais en avoir un.

Les MTPA ont déjà commencé à faire d'importants ravages dans les forêts, les lacs et les rivières. C'est évident, les maladies transmises par les pluies acides frapperont bientôt les humains. Pendant qu'il en est encore temps, il faudrait donc se protéger de ce futur fléau.

Mais comment fait-on pour se protéger du fléau d'une peine d'amour? Pour réussir à se sortir d'une grande débarque amoureuse? Mystère. Personne ne parle de ça. Jamais. Quand ça nous arrive, il faut se débattre seul.

Tout seul.

Sur ces réflexions, je m'engouffre dans le métro.

Un mois déjà. Un long mois. Un trop long mois que moi, Sébastien Letendre, je suis déprimé.

Profondément déprimé.

Trente jours que tout est maintenant fini avec Chloé. Fini le beau rêve d'aimer Chloé Beaupré pour la vie! Un enterrement de première classe!

Et plutôt brutal!

Au détour d'une case, j'aperçois ma chère Chloé. Elle est là, blottie contre un autre, en train de l'embrasser. Pas d'erreur possible, c'est bien Chloé Beaupré qui est dans les bras caressants de Simon Lefort, l'as de l'équipe de basketball.

Cette vision cauchemardesque me poursuit maintenant partout. Dans mes pensées, je revois toujours cette scène humiliante. C'est inhumain à vivre, effroyable à subir.

L'image de cette Chloé Beaupré de malheur ne cesse de me hanter. Malgré ce qu'elle m'a fait endurer, j'arrive difficilement à la détester. Je sais, je devrais la haïr, c'est tout ce qu'elle mérite.

Je sais, je sais, je dois l'oublier. Au plus vite, la chasser de mes pensées. Pour arrêter, pour enfin stopper mon malheur, je dois l'éliminer de ma vie.

C'est simple à dire, mais très compliqué à faire.

Pour l'instant, trop compliqué.

Le métro entre maintenant en gare.

Vite, un dernier sprint!

Trop tard!

Les portes se ferment juste devant moi. Je viens de rater le métro. Rater, toujours rater, même le métro. Bon, il n'y a pas de quoi faire un drame.

Et puis, même si je suis en retard au cours d'éducation physique, je n'en mourrai pas. Et ce ne sera pas si catastrophique pour ma condition physique. D'ailleurs, cette dernière se porte assez bien. Non, ce serait plutôt ma condition amoureuse qui n'en mène pas très large.

Tout en promenant distraitement mon regard dans la station ESPOIR, je remarque une jeune fille à ma gauche. Rien de bien anormal là-dedans. Néanmoins, ma voisine me semble bizarre.

Je ne saurais trop dire si ce sont ses yeux très cernés ou sa grande nervosité qui font que je la trouve étrange. Pourtant, c'est fréquent, dans le métro, d'avoir les yeux cernés. Qui, à huit heures trente, un lundi matin, dans une station de métro, n'a pas les yeux cernés? La station a beau se nommer ESPOIR, il ne faudrait tout de même pas exagérer son pouvoir bénéfique.

Du coin de l'oeil, je continue de l'observer.

De temps en temps, je m'éloigne pour qu'elle ne se doute pas de quelque chose. En effet, rien de pire, un lundi matin, que de se sentir épié. En ces débuts de semaine, l'humanité ressemble étrangement à une bande de sardines aux yeux plus vitreux les uns que les autres.

Au loin, j'entends maintenant le métro qui s'approche de la station ESPOIR. À partir de maintenant, je ne dois pas trop m'éloigner de ma mystérieuse inconnue, car je veux entrer dans la même voiture qu'elle. Je veux me retrouver, à ses côtés, dans la même boîte de sardines. Ainsi nous baignerons dans la même huile. Il faut bien commencer quelque part.

On a le droit de rêver.

Surtout le lundi matin.

Mais que fait-elle donc?

Elle se penche dangereusement vers les rails du métro. Mais... mais... je n'arrive pas à y croire... Mais... mais... elle veut se lancer dans le vide. Et le métro qui va bientôt entrer en trombe dans la station.

Non, impossible, je dois avoir des hallucinations.

D'ailleurs, depuis un mois, j'ai l'imagination grandement fertile et plutôt perturbée. Pourtant, malgré mon effroyable malheur, je n'ai jamais eu des idées de suicide. Heureusement pour moi. Même au plus creux de ma peine d'amour, ça ne m'a pas traversé l'esprit d'en finir avec la vie.

Mais elle?

Se pourrait-il que...? S'il fallait que...

Et là, ça se bouscule dans ma tête.

En imaginant son corps déchiqueté, j'en ai des frissons d'horreur. Le sang ne doit pas couler à la station ESPOIR. Il faut que je fasse quelque chose.

Station ESPOIR!

Non, dans son cas, ce serait plutôt station

DÉSESPOIR. Pauvre elle!

Je n'hésite plus.

Avant qu'il ne soit trop tard, je fonce vers l'étrangère et je l'entoure fermement de mes bras. À tout prix, je dois l'empêcher de sauter. Surprise par mon intervention subite, elle se débat et crie comme une véritable déchaînée.

— Au secours...! au secours...! un maniaque m'attaque.

Je l'entends, mais je n'écoute pas ce qu'elle dit.

C'est évident qu'elle ne veut pas que je la sauve, elle tient à plonger. Elle ne veut pas rater son coup. Mais pour moi, il n'est pas question qu'elle réussisse. La vie, à tout prix!

Je la tiens ferme.

Elle m'administre alors un puissant coup de coude dans le ventre.

J'étouffe, mais je résiste.

Elle me mord, et je retiens un cri de douleur. Mais pas question de la lâcher!

Le métro ralentit, entre en gare, puis s'arrête.

Ouf! elle est sauvée.

La vie est sauvée à la station ESPOIR!

Je peux maintenant lâcher prise.

Aussitôt fait, à toute vitesse, l'inconnue file vers la première sortie qu'elle trouve. Je dois la rattraper. Comme je vais partir à ses trousses, je sens qu'on me saisit brutalement par derrière.

Rapidement, je suis immobilisé.

Quelqu'un me crie.

— Au plus vite, le long du mur, le jeune maniaque.

— Les jambes écartées et les mains en l'air, ajoute une autre voix tout aussi chaleureuse et douce que la première.

Mais qu'est-ce qu'ils s'imaginent, ces deux policiers-là? Que j'ai une tonne de dynamite dans les culottes? Que je suis un célèbre terroriste international activement recherché? Que je suis un violeur de filles? Un batteur de femmes?

Tout de suite, je me dois de rétablir les faits. Rien de pire que la confusion, surtout au début d'une enquête policière.

— Écoutez là, vous vous trompez, ce n'est pas ce que vous pensez. Il faut courir après cette jeune fille, elle veut se...

— Toi, on ne t'a rien demandé, le jeune, intervient l'un des deux agents. Fais ce qu'on te dit. On te posera des questions en temps et lieu. Tu auras tout le temps de t'expliquer. En attendant, pour l'examen de routine, silence, on fouille.

C'est vite dit, examen de routine.

Se faire longer le corps par une froide matraque manipulée par un policier zélé n'a rien de très routinier, ni de bien plaisant. C'est une expérience dont on pourrait facilement se passer, surtout un lundi matin. J'imagine que ce genre de traitement ne doit jamais être des plus agréables à subir.

— Bon, ça va, le jeune, tu peux maintenant te retourner et baisser les mains. Mais pas de folie, parce que ce sont les menottes.

Me voilà dans de beaux draps.

À un faux mouvement d'avoir des menottes aux poignets.

Et la mystérieuse fille qui s'est maintenant enfuie. Elle pourrait expliquer aux policiers que j'ai voulu la sauver du suicide. L'affaire serait alors rapidement classée. Ce serait si simple.

Trop simple.

Pourquoi toute cette bande de curieux me regardent-ils comme si j'étais l'ennemi public numéro un? J'ai le goût de leur faire une grimace, mais je me retiens. Je ne veux pas goûter à la sensation du métal froid des menottes sur mes poignets.

— Gilbert, dit un policier à l'autre, as-tu vu la fille qui s'est fait agresser et qui nous a ameutés?

— Non, Gilbert, je la cherche.

Si j'ai bien compris, j'ai affaire à des policiers qui se nomment tous les deux Gilbert. Après avoir regardé partout, les agents ne trouvent nulle trace de l'*agressée,* comme ils appellent ma mystérieuse étrangère.

Volatilisée.

Envolée.

J'aurais pu leur dire tout ça aux deux Gilbert s'ils me l'avaient demandé. Mais je devais attendre sagement l'interrogatoire. Et c'est ce que je faisais.

Après réflexion, une conclusion s'impose rapidement à mon esprit. Mon histoire, pourtant vraie, d'avoir voulu sauver une jeune fille du suicide ne tient pas debout. Avec un tel récit, aux yeux des policiers, j'aurais plutôt l'air d'un ignoble agresseur à court de bons arguments.

Vite, je dois trouver mieux.

Ma manie aussi de suivre mes folles impulsions. Et surtout ma très mauvaise habitude de ne jamais me mêler de mes affaires. Voilà où ça me mène. Pour avoir sauvé quelqu'un du suicide, je risque maintenant de me retrouver en prison pour agression.

Perspective des plus emballantes.

— Pourquoi as-tu attaqué sauvagement cette jeune fille sans défense? commence alors brutalement l'un des Gilbert. Qu'est-ce qui t'a pris?

Les deux Gilbert ne font pas exception à la règle. En plus de leur insigne, comme la plupart de leurs confrères, ils arborent fièrement une imposante moustache.

— Allez, réponds, on a une enquête à mener, continue-t-il. Avoue tout de suite, ce sera plus simple pour tout le monde.

Ce Gilbert-là est plutôt fendant.

Il a l'air de se prendre pour un grand enquêteur qu'on vient d'affecter à l'affaire du siècle. Il est plus de l'école de Rambo, l'implacable justicier, que de celle de l'astucieux inspecteur Colombo. La ruse, pour mener à bien un interrogatoire, il n'a pas l'air de croire à ça.

S.O.S., Imagination-Secours. Un service ultrarapide.

Rien de mieux pour se sortir du pétrin.

— Bon, je vais tout vous avouer. C'est une simple querelle d'amoureux. J'ai rompu avec mon amie, la semaine dernière, et elle ne l'accepte pas. Depuis, elle me poursuit partout, elle veut qu'on reprenne ensemble. Pour moi, vous savez, c'est bien fini, je ne l'aime plus. En fait, j'en aime une autre. Mais elle s'accroche désespérément à moi. Regardez, ce matin, elle m'a même mordu.

Je leur montre mon poignet droit.

Il y a, en effet, des marques de morsure qui restent profondément inscrites dans ma peau. Preuve irréfutable! Ainsi, ma version des faits peut donc mieux tenir debout.

— Pas bête, le jeune. Et ça expliquerait pourquoi la personne assaillie s'est enfuie si vite, continue le policier enquêteur. Elle s'est sauvée parce que c'est elle qui était coupable d'agression. Ça jette une toute nouvelle lumière sur l'affaire. La victime n'est pas celle qu'on croyait. Le jeune, ça, c'est la beauté du métier d'enquêteur: on sait où ça commence, mais on ne sait jamais comment ça va finir.

Tout de même, je tiens à atténuer les propos du policier. Ma version des faits vise seulement à me sortir du pétrin. Par mes déclarations, je ne veux pas mettre la mystérieuse inconnue dans l'embarras. Pour avoir voulu se suicider, elle doit avoir suffisamment de problèmes sans que je lui en ajoute d'autres.

— Agression, c'est un grand mot, monsieur l'agent. Il ne faudrait peut-être pas exagérer. Elle a une peine d'amour et elle est enragée...

— ... mais ce n'est pas une raison pour mordre quelqu'un. On vit dans un pays civilisé, pas au milieu des animaux sauvages. Même si on a une bonne raison, on n'a pas le droit de faire ça. Non, mordre une autre personne, je n'en démords pas, on ne peut pas accepter ça.

En effet, l'agent Gilbert n'en démord pas.

Depuis le début de l'interrogatoire, l'autre Gilbert, son acolyte, écrivait tout ce qu'on disait sans manifester la moindre émotion, ni émettre le moindre commentaire. À un moment donné, cependant, il lève les yeux de sa feuille et demande nerveusement:

— Finalement, Gilbert, sais-tu qui porte plainte dans cette affaire-là? C'est qui la victime? C'est qui l'accusé? C'est important dans un rapport de police. Moi, jusqu'à maintenant, je ne saurais pas comment résumer toute l'histoire. Plus on avance dans l'enquête, plus c'est mêlé. Mets-toi à ma place deux secondes. Tu comprends, moi, je dois résumer tout ce fouillis-là.

L'apprenti-Rambo prend plutôt mal les remarques de son confrère.

— Alors, Gilbert, tu trouves que je mène mal mon enquête. Dis-le encore plus fort, crie-le sur tous les toits que tu penses ça. Si tu crois que tu peux faire mieux, interroge-le toi-même, le jeune.

Rageusement, l'anti-Colombo continue son envolée de plus belle.

— Tu vas voir que ce n'est pas simple de voir clair dans une histoire d'amour. Et quand, en plus, c'est une histoire d'amour avec des jeunes, c'est encore plus mêlant. Les jeunes, les jeunes, pourquoi est-ce qu'ils passent leur temps à nous compliquer l'existence?

Sur ces mots, Gilbert quitte brusquement les lieux. Son confrère me regarde et semble un peu désemparé. Il retourne à son crayon et à son papier. Il griffonne alors rapidement quelques mots.

— Toi, viens signer ta déposition. Cette affaire-là a déjà fait couler beaucoup trop d'encre. On n'a pas de plainte officielle et on n'a que ton témoignage. Comme d'habitude, pas de témoins. Tout le monde regardait ailleurs, comme par hasard. C'est difficile de faire une enquête sérieuse sans aucun témoin. Alors, il faut bien croire ta version.

Je tiens à lui préciser.

— Mais je vous ai dit la vérité, monsieur l'agent.

Le policier Gilbert s'impatiente.

— La question n'est pas là. Et puis, la vérité, qui peut se vanter de la connaître entièrement? Pour moi, l'affaire Letendre est une affaire classée. Je ne veux plus en entendre parler, tu m'entends?

Je l'approuve. Et rapidement, je signe ma déposition.

— Allez, ouste maintenant, aux études! Ça vaudra mieux que de faire les jolis coeurs dans le métro. Au moins, à l'école, tu seras en sécurité, à l'abri des vilaines morsures.

Je ne me fais pas prier pour reprendre ma liberté.

Mais pour l'école, je n'ai pas vraiment la tête à ça.

Je vais quand même m'y rendre et aller flâner un peu à la cafétéria en attendant les cours de cet après-midi.

Ouf! avec tous ces événements, j'ai eu enfin un répit. Un beau grand répit de Chloé

Beaupré.

Un répit grâce à la mystérieuse fille de ce matin, sur le quai du métro. Je dois la revoir. Oui, il faut que je lui parle, que je l'empêche de se suicider. Elle ne peut pas faire ça à la vie. Je veux lui parler avant qu'il ne soit trop tard.

Je dois la retrouver.

Pour les deux Gilbert, l'affaire Letendre est peut-être une affaire classée.

Mais pour moi, c'est le début d'une autre affaire.

Celle de la mystérieuse fille du métro.

Chapitre 2

Les Métro-Nhommes

Jeudi matin, huit heures quinze.

Je suis de garde à la station ESPOIR.

Depuis trois jours, tous les matins, entre huit heures quinze et neuf heures trente, et tous les après-midi entre quinze heures trente et dix-sept heures, je suis aux aguets. Assis sur un banc, je surveille les allées et venues de milliers de gens. Dans l'espoir d'apercevoir ma mystérieuse inconnue qui finira sûrement, un jour ou l'autre, par se montrer le bout du nez.

Je dois lui parler.

À tout prix.

— Salut, Tit-Gars, qu'est-ce que tu fais là?

Ah! non! Pas lui!

Mais oui, pas d'erreur possible, c'est lui en personne. En chair et en os.

Gros-Tas lui-même.

— Tu te souviens de moi, j'espère, Tit-Gars? On a passé une nuit ensemble, à la porte du Forum, à attendre pour acheter des billets. Si je me rappelle bien, c'était pour le spectacle du groupe Macédoine 649. Ça doit faire à peu près deux mois de ça, hein, Tit-Gars?

Si je me souviens de lui?

Gros-Tas n'aurait pas dû s'inquiéter. D'ailleurs, il ne devrait jamais s'inquiéter. Ce n'est pas le genre d'individu qu'on oublie facilement. Un être qui vous marque éternellement, ce Gros-Tas! Tatoué à jamais dans ma mémoire. Sûrement qu'il va me demander des nouvelles de ma soeur, l'inoubliable et charmant personnage.

— Et ta soeur, toujours aussi belle? C'est incroyable, hein Tit-Gars, que dans une même famille il y ait en même temps une telle beauté et une telle laideur?

Son gros rire gras se fait entendre dans toute la station de métro. Les gens se retournent pour admirer le discret pachyderme. Si la distinction et la subtilité n'avaient jamais été inventées, il n'aurait surtout pas fallu compter sur Gros-Tas pour le faire.

— Tu n'es pas très parlant, Tit-Gars, est-ce que ça veut dire que tu n'es pas content de me voir? Ça me surprendrait beaucoup parce que Gerry Ciment est le gars le plus populaire de la station ESPOIR.

— Gerry Ciment?

— Oui, Tit-Gars, Gerry Ciment, c'est mon nom d'artiste. Mon vrai nom, si tu veux savoir, c'est Gérard Desgroseillers. Mais comme nom d'artiste, c'est trop long. Trop long et pas assez punché, non plus. Mesdames et messieurs, voici maintenant Gérard Desgroseillers et son banjo. Non, ça ne marcherait pas. Tandis que Gerry Ciment, ça frappe, ça a du poids. Gerry Ciment et son banjo, ça accroche, tu ne penses pas, Tit-Gars?

Il tient mordicus à ce que je lui donne mon avis.

Malheureusement pour lui, je n'ai pas la tête à me préoccuper de ses angoisses artistiques. Il peut bien se nommer Ciment, Desgroseillers, Gros-Tas ou même Béton-Armé si ça lui chante. Moi, ça m'est parfaitement égal. Pendant qu'il me parle, il accapare mon attention. Je risque alors d'être moins vigilant et de ne pas voir passer ma mystérieuse étrangère.

Mais comment faire pour arriver à me débarrasser de Gerry Ciment?

Des réponses brèves. Un ton sec, sans chaleur.

Le style pas envie de placoter.

— Oui, oui, ça sonne bien, c'est même musical.

— Tu sais, Tit-Gars, j'ai l'oreille à ça. Mais toi, c'est quoi ton nom?

— Sébastien Letendre.

— Ouache! Sébastien, c'est niaiseux comme nom. Ça fait petit téteux, petit morveux. Moi, je vais t'appeler Sébass point. Gerry et Sébass, là on va bien se comprendre. Comme ça, ta soeur, c'est une petite Latendre. Elle a l'air de ça aussi. Une tendrement cute. J'ai hâte que tu me la présentes.

Va-t-il finir par oublier ma soeur?

Et moi, par le fait même?

Que je regrette d'avoir demandé à Marie-Louise, ce soir-là, de m'apporter des sandwiches au Forum! Je l'ai alors livrée en pâture au regard de Gerry Ciment. Si je pouvais expliquer au cher Gerry, une fois pour toutes, qu'il n'a vraiment aucune chance avec ma soeur. Marie-Louise aime bien la musique, mais elle déteste les pachydermes qui massacrent le banjo.

Bon, voilà maintenant que Gerry s'assoit à mes côtés. Ma stratégie du pas envie de placoter s'avère un cuisant échec.

— Dis-moi, Sébass, qu'est-ce que tu fais dans le métro de ce temps-là? Tu regardes tout le monde à la loupe. Cherches-tu quelqu'un?

De quoi se mêle-t-il encore? Je ne lui ai pourtant rien demandé à ce Desgroseillers de Ciment de Gros-Tas. Un autre qui est incapable de ne pas se mêler uniquement de ses affaires.

— Ne t'en fais pas, Sébass, je ne t'espionne pas. Si je vois tout, c'est que je joue de la musique à la station ESPOIR. Alors, je te vois et je me suis dit que je pourrais peut-être t'aider. Si tu cherches quelqu'un ou encore mieux quelqu'une, je peux la demander à mon micro toutes les cinq minutes. Je peux bien faire ça pour toi. Et pour ta...

— Je sais, je sais, Gerry, et pour ma soeur.

Il ne manque plus que ça: Gerry Ciment

est musicien dans le métro!

Non content de nous imposer la pollution de l'oeil, il doit ajouter la pollution de l'oreille. C'est donc ça l'affreux bruit de fond vaguement musical que j'entends constamment, le matin et le soir, à la station ESPOIR.

— Gerry, viens-t'en, maudite mémère, on recommence à jouer. Ce n'est pas en placotant tout le temps qu'on va se faire une bonne paye.

— Les nerfs, les nerfs, la Bébite, j'arrive. Tu sais, Sébass, il s'énerve tout le temps, Bobby Lachapelle, alias la Bébite. Musicien dans le métro, ça le passionne. Mais ça ne lui ferait pas de tort d'être moins stressé.

Bon, maintenant, je vais sûrement avoir droit à l'histoire passionnante, troublante et stressante de la Bébite. Tout en écoutant Gerry, j'essaie de ne pas perdre de vue la marée humaine qui se presse dans le métro. Pourquoi n'avons-nous que deux yeux? Pour l'instant, si c'était possible, j'échangerais bien mes oreilles pour deux autres yeux. Des yeux tout le tour de la tête. Quatre yeux qui verraient tout.

— ... Mais Bobby la Bébite Lachapelle,

il faut l'entendre jouer de l'harmonica. Il ferait brailler n'importe qui avec son instrument. La Bébite, c'est un gars bourré à l'os de sentiments. Du coeur au ventre comme ça, je n'ai jamais vu ça. C'est de la vraie musique qu'il joue avec ses tripes. J'ai eu...

Est-ce vraiment elle que je vois là?

— ... l'idée de faire un duo avec lui. Banjo et harmonica, ça va bien ensemble. On s'est appelés les Métro-Nhommes. Et on était lancés...

Oui, pas de doute possible, c'est bien elle.

Je la retrouve.

Enfin.

Elle est là, à quelques dizaines de mètres de moi.

J'entends le métro qui s'approche. Je dois me dépêcher pour ne pas le rater. Ni la rater.

— Excuse-moi, Gerry, mais je dois te quitter. J'ai un rendez-vous important. J'irai t'écouter un de ces jours...

Je suis déjà loin, mais Gerry me crie tout de même:

— Tu vas voir, Sébass, ça va te scier en deux de nous écouter jamm...

Le métro entre maintenant en gare.

Je n'entends que lui.

Et ne vois qu'elle.

Tout de suite, je m'approche de ma mystérieuse inconnue. Pas trop cependant. Sans qu'elle me voie, je veux entrer dans la même voiture qu'elle. Quand les portes s'ouvrent, je me faufile à l'arrière de la voiture pendant qu'elle s'assoit à l'avant. Par bonheur, elle ne m'a pas encore aperçu. Je ne voudrais pas l'effaroucher avant d'avoir pu lui adresser la parole.

De loin, je la regarde.

Puis, je me dirige vers le milieu de la voiture, là où je peux mieux l'observer. Pour quelqu'un qui voulait se suicider, elle ne semble pas tellement déprimée. C'est vrai que ça ne veut rien dire. Ces gestes d'ultime découragement sont quelquefois si subits, si inattendus.

Elle a les cheveux d'un noir charbon. Elle porte une barrette, décorée de jolies fleurs. Et le teint de son visage est foncé. À l'une de ses oreilles, pend une longue boucle faite de plumes. Et puis, le lundi précédent, j'ai dû mal regarder, car elle n'a pas les yeux très cernés. Plutôt grande et vêtue de noir, même assise, elle m'impressionne.

Bon, ça suffit.

Maintenant, je dois lui parler.

Lui demander pourquoi elle voulait faire ça.

Je m'approche à pas de loup. Un loup bien inoffensif qui ne cherche pas à dévorer l'agneau. D'ailleurs, il en serait incapable, car le doux agneau serait plutôt une tigresse à la dent longue.

Heureusement, la voiture n'est pas bondée. Je peux ainsi m'asseoir à ses côtés.

Lentement, délicatement.

Droit au but.

Mais à voix basse pour ne pas la gêner.

— Mademoiselle, pourquoi l'autre jour, vouliez-vous vous jeter devant le métro?

— Pas encore toi, s'écrie-t-elle en sautant de son siège et en s'éloignant rapidement de moi.

La tigresse recommence à faire des siennes.

Elle me pointe du doigt.

— Attention, tout le monde, ce garçon est un dangereux maniaque qui saute sur les jeunes filles à huit heures et demie du matin. Je n'ose imaginer ce qu'il doit leur faire les nuits de pleine lune. C'est un danger public, je vous le dis, un véritable monstre qui ne cesse de me poursuivre.

Les autres passagers me regardent nerveusement. Je les comprends. Tout le monde cherche à s'éloigner de l'affreux monstre qu'on vient de leur décrire. Si je ne réagis pas rapidement, je serai encore dans de beaux draps. Je risque de me retrouver entre les mains de collègues des deux Gilbert.

Et ça, je n'y tiens pas.

Deux fois, dans la même semaine, vivre les délices d'une matraque qui vous longe délicatement le corps, c'est un peu trop. Vraiment trop de plaisir en un si court laps de temps.

Allons, je dois me défendre.

Et vivement.

— Mesdames et messieurs, cette bizarre jeune fille cherche à se jeter devant n'importe quel métro qui entre en gare. Moi, j'ai voulu l'empêcher de se tuer, la protéger d'elle-même. Pour me remercier, elle m'a mordu. C'est une vraie enragée qui cherche à mourir. Si je la poursuis, c'est que je veux lui sauver la vie à tout prix. Je ne suis pas le monstre qu'elle vient de vous décrire.

Les pauvres voyageurs du métro ne

savent plus très bien qui croire. Malgré eux, ils sont appelés à jouer les jurés dans un procès improvisé.

Qui dit vrai?

— Quoi? Mais c'est qu'il est encore plus fou que je ne le pensais. Moi, j'ai voulu me tuer? Moi? Mais, ça ne va pas du tout dans cette petite tête-là.

Pendant qu'elle parlait, elle s'était approchée nerveusement de moi. Pour mieux illustrer ses derniers propos, elle me donnait des coups d'index sur le front.

Sans que je puisse réagir, elle continue alors de plus belle son envolée oratoire.

— Un matin, à propos de rien, tu me sautes dessus. Je suppose que j'aurais dû rester calme. Calme, fine, douce, compréhensive et tendre. J'aurais dû me laisser faire, me laisser violer, me laisser blesser, me laisser tuer. C'est ça que j'aurais dû faire, selon toi?

Elle ne me laisse pas le temps de répondre. Pour quelqu'un de déprimé qui cherche à se suicider, elle ne manque ni de verve, ni d'énergie.

— Et là, quelques jours plus tard, tu racontes aux gens que je voulais me suicider. Mais d'où sors-tu donc avec de telles idées?

Directement d'un hôpital psychiatrique? Tu devrais y retourner au plus vite parce que ça presse. Et qu'est-ce qui a bien pu te faire croire que je voulais me suicider?

Acculé au pied du mur, je dois donner des explications.

Rapidement, à tous ceux qui commencent à me regarder de manière suspecte. Devant tous ces gens, je dois rebâtir ma réputation.

— Mais tu te penchais dangereusement vers les rails, vers le vide. Le métro s'en venait, et tu ne reculais pas. Au contraire, tu continuais à avancer et à te pencher de plus en plus dangereusement. Moi, je n'ai pas voulu prendre de risques et j'ai foncé pour te sauver. Au cas où j'aurais eu raison. Je ne me serais jamais pardonné de ne pas avoir tout fait pour sauver la vie d'une si belle fille...

Ça m'a échappé.

Un léger sourire apparaît alors sur les lèvres de ma mystérieuse inconnue.

— Vraiment, vous l'avez tous entendu comme moi? C'est incroyable ce qu'il vient de dire! Il avoue froidement que si j'avais été laide, il m'aurait laissée mourir. C'est désespérant de voir un aussi jeune homme déjà si ignoble.

Là, elle est de mauvaise foi.

— Ce n'est pas ce que j'ai voulu dire. Et puis, la beauté, la laideur, c'est une question de point de vue. Moi, je croyais bien faire.

Je suis confus.

Et si je m'étais trompé sur son compte?

Peut-être ai-je eu peur pour rien?

Je ne sais plus quoi penser.

Heureusement, ma dernière explication semble avoir un peu calmé ma fougueuse étrangère.

— Toi, on peut dire que tu prends des chemins bien tortueux pour rejoindre les gens. Avec toi, le plus court chemin entre deux points n'est sûrement pas la ligne droite. Si tu voulais m'aborder, tu aurais pu le faire plus simplement que ça. Par exemple, tu aurais pu me dire que tu m'avais déjà vue quelque part. C'est classique, mais tout de même efficace pour commencer une conversation, tu ne crois pas?

— Puisque je te dis que c'est vrai. Je croyais réellement que tu voulais te suicider.

— Eh bien non! comme tu le vois, ce n'était pas ça. Tu peux maintenant décrocher et oublier ça. Et si ça peut te rassurer, ce n'est pas non plus mon intention de me suicider dans les jours qui viennent. Alors, tu peux dormir en paix. Justement, je dois descendre à la station suivante. La prochaine fois, s'il te plaît, ne me saute pas dessus si brutalement, et je ne serai pas obligée de te mordre...

Oui, j'ai bien entendu, elle a dit la prochaine fois.

— Prochain arrêt, station LIBERTAD.

Elle aimerait donc me revoir. Moi aussi, d'ailleurs. Vite, vite, si je veux qu'il y ait une prochaine fois, je dois lui donner mon numéro de téléphone.

On ne sait jamais.

Pendant qu'il en est encore temps, je m'exécute. Sur un bout de papier, je griffonne rapidement mon nom et mon numéro de téléphone.

Je lui glisse ensuite le bout de papier dans la main.

— Au cas où tu voudrais continuer la conversation, tu sais maintenant où me joindre. Maintenant, on pourra toujours se dire qu'on s'est déjà vus quelque part.

Elle est debout, le métro ralentit. Elle se retourne vers moi et me regarde en souriant.

— En tout cas, Sébastien, si c'est vrai que tu t'en fais autant pour une étrangère, c'est drôlement sympathique.

Elle avait eu le temps de lire mon nom.

Les portes s'ouvrent.

Elle quitte la voiture.

Et moi, je me retrouve maintenant à des kilomètres de l'école.

En revenant sur mes pas et en mangeant rapidement un sandwich, j'arriverai à temps pour le cours de français.

C'est à mon tour de faire un exposé.

Ce sera sur les tigresses, les tigresses qui hantent le métro de ma ville.

Un sujet mordant.

Et plein de vie.

Chapitre 3

J'ai peur de l'amour

C'est évident.

Je pense de moins en moins à Chloé.

Et de plus en plus à elle.

Elle dont je ne connais même pas le nom. Elle qui a maintenant mon numéro de téléphone. Et qui connaît mon nom. Moi qui n'ai rien d'elle, sauf le souvenir de son visage tour à tour effarouché, enragé et espiègle. Et une morsure au poignet droit qui tarde à s'effacer complètement.

Je suis un grand romantique.

Un grand rêveur qui croit qu'elle va me téléphoner.

Mais pourquoi le ferait-elle donc?

Pourquoi s'intéresserait-elle à un gars

comme moi?

— Toi, Sébastien, tu me sembles tout drôle. Veux-tu bien me dire ce qui se passe? Est-ce que ton chagrin d'amour commencerait à s'envoler en fumée? La belle Chloé Beaupré que tu jurais d'aimer pour l'éternité s'est-elle déjà évaporée? Allons, je t'écoute, dis-moi tout.

Bien sûr, Marie-Louise, ma grande soeur de dix-neuf ans, la flamme de Gerry Ciment, la grande spécialiste des relations humaines, veut tout savoir. Comme d'habitude, l'indomptable curieuse veut connaître ce qui se passe dans le coeur de son jeune frère. En effet, qui d'autre qu'elle pourrait ainsi se passionner pour mes histoires d'amour?

— Non, non, ce n'est vraiment pas ce que tu penses, Marie-Louise. Écoute-moi bien. J'ai presque seize ans et voici le bilan. Je ne me drogue pas, je n'ai pas encore fait l'amour et je n'ai jamais songé à me suicider. Je suis un lâche qui n'a même pas été capable de se battre avec le traître de Simon Lefort quand il m'a arraché sauvagement Chloé Beaupré. Non, je n'y arrive pas, Marie-Louise, je n'arriverai jamais à être un homme...

— Mais, voyons, Sébastien...

— Laisse-moi finir, Marie-Louise. C'est désespérant d'être aussi anormal. Je souffre terriblement de me sentir aussi marginal. Je dois faire quelque chose de ma vie, tu comprends?

— Bien sûr que je te comprends. Mais...

— Il n'y a pas de mais, Marie-Louise. Je veux qu'on cesse de me raconter des histoires, je ne suis plus un enfant. Je veux voir la vérité en face, je peux l'affronter. Et la vérité pure et simple, c'est que ton frère est le plus insignifiant des habitants de la planète.

— Franchement, Sébastien, là, tu exagères...

Je n'écoute plus ma soeur que très distraitement.

Je réfléchis.

C'est clair, je n'arriverai jamais à faire un homme de moi. Et puis, au fond, je dois bien l'admettre: j'aurais préféré être une fille. À l'école, les professeurs sont toujours plus fins avec les filles. Je les comprends. Une bande de gars de quinze ans, réunis dans un même bocal, c'est loin de faire un aquarium idéal.

En classe, les filles de mon âge se retrouvent donc à poser les questions intelligentes aux profs. Et à répondre adéquatement aux questions qu'on leur pose. Pendant ce temps-là, nous autres, les imbéciles de gars, on essaie d'attirer l'attention en rotant, en criant ou en riant des nonos de la classe. On ne remarque même pas que nous sommes les vrais nonos de l'histoire, tous autant que nous sommes.

J'ai honte d'être un gars.

Je reviens à Marie-Louise.

— Tu veux que je te donne un exemple? Je vais le faire tout de suite. Voici l'histoire savoureuse de la dernière gaffe de ton frère Sébastien. Après ce récit, ça m'étonnerait que tu veuilles encore te vanter d'être ma soeur. Mais avant, promets-moi de ne pas rire. Le moment serait très mal choisi pour me faire ridiculiser. Je raconte seulement si tu promets.

— Oh! la la, mais tu es bien sérieux aujourd'hui. Oui, oui, je te le promets. Je me mordrai les lèvres jusqu'au sang avant même d'esquisser un léger sourire.

Je lui raconte alors mon aventure dans le métro. Ma crainte de voir la mystérieuse inconnue se jeter devant la première voiture. Et mon empressement à vouloir la sauver.

Puis, la morsure et l'interrogatoire par les deux Gilbert.

— Finalement, dans toute cette histoire, je me suis rendu complètement ridicule. La fille en question n'avait jamais eu l'intention de se suicider, et je lui ai quand même sauté dessus. Mais où donc avais-je la tête pour aller m'imaginer de telles horreurs?

— Voyons, Sébastien, tu as agi comme il faut, tu ne pouvais pas deviner qu'elle ne voulait pas se suicider. Dans ce genre de situation, il n'y a aucun risque à prendre, tu as très bien réagi. Moi, je te donnerais une médaille pour ton courage exemplaire.

— En parlant de courage exemplaire, Marie-Louise, que penses-tu du suicide? Faut-il être lâche ou courageux pour se suicider?

— Eh! toi là, tu m'inquiètes...

— Non, non, rassure-toi, je n'ai aucune intention de me suicider. Je veux simplement en parler, avoir ton idée là-dessus. Après tout, tes cours de psychologie, ça doit bien servir à quelque chose.

— Pour se suicider, Sébastien, je pense qu'il ne faut être ni lâche, ni courageux. Il faut simplement être malheureux, profondément malheureux. Et avoir l'impression qu'on le restera toujours. Toujours et à jamais pour le reste de ses jours et de ses nuits. Imagine la sensation. Condamné à être profondément malheureux, toute sa vie.

— Remarque, Marie-Louise, je peux comprendre ça. Une peine d'amour, ça nous laisse un goût de mort dans la bouche et ce n'est pas très agréable. Heureusement, ça finit sûrement par passer...

J'en ai déjà trop dit.

Marie-Louise vient de deviner que j'ai rencontré une autre fille. Pour ce genre de choses, elle a un flair infaillible, ma grande soeur.

— Ah! oui, Sébastien, où avais-je la tête? Un peu plus, et j'allais oublier. Tout à l'heure, quelqu'un a téléphoné pour toi. Et c'était une voix féminine...

— A-t-elle laissé un message? As-tu son numéro de téléphone? Pourquoi ne pas me l'avoir dit avant?

— Du calme, Sébastien, du calme. J'ai bien essayé de lui tirer les vers du nez, mais elle n'a pas mordu à l'hameçon... Pas de message, elle a dit qu'elle te rappellerait. J'ai insisté, tu me connais, il n'y avait pourtant rien à faire. Mademoiselle a seulement dit qu'elle allait te retéléphoner. Rien de plus. Au téléphone, ta nouvelle conquête a une jolie voix chantante.

C'était sûrement elle.

Incroyable, elle m'avait appelé.

Vite, remettre mon apprentie psychologue de soeur sur la bonne piste.

— Ne saute pas trop vite aux conclusions, Marie-Louise. Même si nos deux rencontres ont été plutôt explosives, on se connaît à peine. Alors, ne viens surtout pas parler de conquête, ça pourrait me porter malheur.

— Tiens, tiens, petit cachottier, va. C'est sûrement elle qui t'a mordu? Entre vous deux, c'est déjà la passion, ça se voit dans tes yeux.

Marie-Louise a le don de jouer avec mes nerfs. La reine des écornifleuses se mêle encore de mes affaires de coeur. Elle ne peut s'en empêcher, c'est plus fort qu'elle. Fouiner est sa grande passion et toujours elle veut en savoir davantage.

— Sébastien, tu diras à ta nouvelle flamme, de ma part, qu'elle cesse de te mordre. Autrement, elle va avoir affaire à moi.

Surtout pas ça.

Si je tiens à conserver un semblant d'intimité dans ma vie amoureuse, je dois me tenir loin de Marie-Louise. Et puis, au lieu de l'entendre se payer ma tête, je préfère m'envoler vers ma chambre.

À côté du téléphone.

Elle m'a téléphoné.

À moi.

Je n'arrive pas encore à le croire.

En attendant l'appel, je dois faire quelque chose pour chasser la fébrilité qui m'envahit de partout. Inutile d'essayer de faire mes devoirs ou de lire, la concentration me ferait défaut. D'ailleurs, depuis un mois, cette fichue concentration est mon principal problème. Mes histoires de coeur prennent tellement de place! Là, mon coeur se débat si fort que j'ai peur qu'il ne me fasse éclater tout le corps.

Qu'est-ce que je vais lui dire?

Tout de suite, que je veux la revoir.

Mais, voyons, ce n'est pas moi qui vais lui téléphoner. Je n'ai même pas son numéro. J'ignore même son nom. C'est elle qui va m'appeler, c'est donc elle qui va me parler.

Je n'aurai qu'à l'écouter.

Si elle m'appelle, c'est qu'elle a des

choses à me raconter. Si elle prend la peine de me relancer, c'est qu'elle est vivement intéressée à me revoir. Alors, je dois être patient. Et ne pas trop m'énerver.

Facile à dire, très difficile à faire.

Le téléphone.

En entendant sa sonnerie, je bondis vers l'appareil. Je suis tellement nerveux que je m'en mords la langue.

Quand j'arrive, Marie-Louise a déjà répondu.

Elle a bien fait, le téléphone était pour elle. C'est un gars. J'espère qu'elle ne passera pas trop de temps à mémérer avec lui. Marie-Louise n'a pas choisi la bonne soirée pour monopoliser l'appareil. Je vais aller l'avertir tout de suite de faire vite.

— Marie-Louise, s'il te plaît, tu sais que j'attends un appel, alors, grouille-toi...

— Oui, oui, Sylvain, un instant...

Elle met la main sur le microphone du combiné.

— Sébastien, veux-tu me ficher la paix? Ça fait à peine deux minutes que je parle que déjà tu t'énerves. Ta mordeuse finira bien par te joindre si elle y tient vraiment. Et fie-toi à moi, elle va te joindre. Alors, si tu passes ton temps à me déranger, mon téléphone durera encore plus longtemps.

Je dois me résigner à me calmer.

Et Marie-Louise reprend sa conversation de plus belle.

— Oui, Sylvain, oui, c'est mon frère qui s'énerve. On devrait tous arrêter de vivre dans la maison parce que monsieur attend un coup de téléphone important. Et en plus, un téléphone qui viendra peut-être ce soir, peut-être demain soir, on ne sait pas quand... Bon, qu'est-ce qu'on disait?... Ah! oui, à propos du dernier film de...

J'aime mieux retourner dans ma chambre.

Et me replonger dans l'insoutenable attente.

Tout à coup, devant le miroir, je me vois. J'ai grandi vite, trop vite. Je ne suis pas beau, pas gracieux. Mes bras pendent le long du tronc, ils sont trop longs. Mes jambes semblent avoir été ajoutées après coup et ne cadrent pas avec l'ensemble. Justement, mon corps n'est pas un ensemble, mais une série de pièces détachées. Qui peut vraiment aimer un corps si peu harmonieux?

Qui pourrait vraiment m'aimer?

Je n'en vaux ni la peine, ni le coup d'oeil!

Je ne peux pas y croire. Une fille qui semble avoir au moins quinze ans s'intéresserait à un gars de son âge. Très peu probable.

Et même plutôt louche.

Là, aussi bien me l'avouer. Je ne veux plus souffrir d'amour une autre fois. Quand on aime, est-ce qu'on se prépare, un jour ou l'autre, à un enfer de souffrance?

À en croire les adultes et leur éternelle rengaine, leur grande litanie, il faut malheureusement répondre oui.

Plaisirs d'amour
ne durent qu'un moment.
Chagrins d'amour
durent toute la vie.

J'ai peur de me faire encore mal.

Alors, là, moi, Sébastien Letendre, presque seize ans, sur le sentier de l'amour, je me retrouve écorché.

Écorché et apeuré.

Que dois-je faire?

Au moins le dire.

Je le dis sans détour
j'ai peur de l'amour

qui m'a fait tant souffrir
à n'en plus finir.

J'arrive à l'oublier
adieu Chloé Beaupré
toi Sébastien Letendre
faut cesser de l'attendre.

Malgré la grande peur
qui me colle au fond du coeur
tout au long de mes jours
j'ai le goût d'un grand amour.

Malgré mon coeur meurtri
tout vivant je le crie
j'ai le goût que mes jours
mordent encore dans l'amour.

Pour moi.

Uniquement pour moi, ce sera nettement différent.

Il y a toujours au moins une exception à la règle. Pourquoi pas moi?

Plaisirs d'amour
durent toute la vie.
Chagrins d'amour
ne durent qu'un moment.

J'aime mieux croire ça.

C'est plus encourageant.

Et surtout beaucoup moins déprimant.

Chapitre 4

1973, avenue du Souvenir

Deux autres longues soirées à attendre.

Elle n'a pas retéléphoné tout de suite.

Je me demande si elle cherche volontairement à me faire languir. Si oui, elle réussit très bien.

C'est difficile d'apprendre à être patient.

Pourquoi toujours avoir à attendre? Dans la vie, on devrait pouvoir tout avoir, tout prendre, à l'instant même où on le désire. La vie, c'est vraiment loin d'être une grande réussite. Si j'avais la chance de tout refaire, il y a bien des choses que j'organiserais autrement.

En beaucoup mieux, bien sûr.

— Allô, Sébastien? Mais qu'est-ce que

tu fais chez toi, à cette heure-là? Tu devrais être dans le métro, à observer la faune. On ne sait jamais, dans la marée humaine, quelqu'un pourrait avoir besoin de toi.

C'est elle, c'est elle.

Je reconnais sa voix. Chaude et grave. Avec un léger accent. Et une belle musicalité quand elle parle. On dirait qu'elle chante. Le bel oiseau qui prend la peine de m'appeler.

— Je ne sais pas si tu te souviens de moi... Il y a quelques jours, dans le métro, tu m'as sauté dessus.

Je reste encore muet.

Que répondre à ça?

Est-elle toujours fâchée?

— Bon, disons, Sébastien, qu'on est quitte, puisque je t'ai mordu. J'espère que ça guérit bien, la morsure?

Je n'arrive pas à lui répondre.

Paralysé.

Je ne sais pas par où commencer. Je bégaie intérieurement. Les mots restent emprisonnés dans ma gorge.

Les mots, quels mots?

Ceux que j'aurais aimé dire.

Des mots doux, tendres, invitants.

Des mots-ouates qui enveloppent doucement le contour des choses. Des mots d'amour qui caressent l'oreille avant d'aller se glisser tendrement au coeur de la mémoire.

— Pourtant, ce n'est pas la langue que je t'ai mordue pour que tu restes aussi silencieux. As-tu perdu la voix, Sébastien? Toi qui es si sensible à la bonne santé des autres, tu devrais faire aussi attention à la tienne.

Vivement, je me parle.

«Ça suffit, Sébastien. Le silence, la discrétion, c'est bien beau, mais pas tout le temps. Dis quelque chose, n'importe quelle banalité, mais quelque chose. Allez, démarre. Au moins, manifeste que tu es en vie.»

— C'est que, vois-tu, je voudrais m'excuser pour l'autre jour...

— Ouf! j'ai eu chaud! Ma morsure ne t'a donc pas rendu muet. Pour l'autre jour, Sébastien, tu n'as pas à t'excuser. Si tu croyais vraiment que j'allais me jeter devant le métro, tu as bien fait d'intervenir. On ne sait jamais. C'est plutôt moi qui devrais te remercier et m'excuser de t'avoir mordu aussi sauvagement. Je pense que j'avais perdu la tête...

— C'est normal, à ta place, j'aurais fait la

même chose. Je me serais défendu contre une agression aussi soudaine. On est mieux de réagir que de subir.

— J'espère que je t'ai maintenant convaincu de mes intentions. Souvent, quand les voitures du métro entrent dans la station, j'aime sentir le vent sur mon visage et dans mes cheveux. C'est enivrant de sentir le vent nous caresser la peau, tu ne trouves pas?

Si je m'étais écouté, je lui aurais raconté une bonne blague de gars. Je lui aurais dit que j'enviais le vent qui avait la chance de lui caresser la peau sans éveiller la moindre hostilité de sa part. Toutefois, un peu de retenue ne fait jamais de tort.

— La prochaine fois, je saurai que tu adores le vent du métro. Mais ne me raconte pas qu'on a besoin de s'approcher autant des voitures pour sentir le vent nous caresser la peau.

— Bon, je te promets de ne plus trop m'en approcher. Mais je ne t'appelais pas pour parler du vent des voitures de métro. Non, j'ai autre chose à te proposer.

Autre chose?

Quoi donc?

Je n'allais pas tarder à l'apprendre.

— Sébastien, es-tu libre jeudi soir?

— Ce jeudi-ci? Dans deux jours?

— Oui, oui, ce jeudi-ci.

Certainement, je suis tout à fait libre!

Je le crie presque au téléphone.

— Alors, je t'invite à assister à un spectacle fait par un groupe de jeunes que je connais bien. Le spectacle a lieu au 1973, avenue du Souvenir, dans le sud de la ville. C'est facile à trouver, c'est à deux pas de la station de métro LIBERTAD. Ça commence à vingt heures.

— Est-ce que tu veux que j'aille te chercher chez toi?

— Non, non, Sébastien. Rends-toi directement à la salle. Tu n'auras qu'à te présenter au guichet un peu avant vingt heures, il y aura un billet à ton nom. Moi, je serai là plus tôt, je dois aider à monter les décors. Mais à vingt heures précises, tu n'as pas à t'inquiéter, je serai dans la salle.

Dans mes rêves les plus fous, jamais je n'aurais pu imaginer ça. Elle m'invitait à l'accompagner à un spectacle. À ses côtés, j'aurais assisté, pendant des heures, à la lecture du bottin téléphonique par des comédiens amateurs.

Sans m'ennuyer, j'en suis sûr.

— Sébastien, tu es mon invité. C'est pour me faire pardonner ma morsure. Et aussi pour te dire que j'admire beaucoup les gens qui se préoccupent autant des autres. À jeudi, Sébastien.

Elle allait raccrocher.

Je ne savais pas encore son nom.

— Un instant, là, ne raccroche pas tout de suite, je voudrais te demander quelque chose d'assez important. Quel est ton nom?

— Tiens, c'est vrai, tu ne sais pas encore mon nom. Gabriella, Gabriella Sanchez, presque seize ans, le coeur bourré de passion, la tête débordant d'idées, des mots plein la gorge, les mains chaudes comme un soleil de juin. Voudrais-tu aussi connaître mon signe dans l'astrologie chinoise? Je suis un tigre. Au féminin, c'est donc une tigresse.

Je n'avais vraiment rien à ajouter.

Et tout à espérer.

Vite, que le temps s'envole: 48 heures, 2 880 minutes, 172 800 secondes, c'est long.

Gabriella avait peut-être les mains chaudes comme un soleil de juin. Moi, je réalisai que je les avais plutôt moites. Probablement aussi moites que quelqu'un qui tente de déjouer les douaniers en camouflant dans ses bagages quelques kilos d'héroïne.

Gabriella, j'espère que tu seras mon héroïne, ma princesse charmante. Et moi, j'essaierai d'être à ta hauteur.

J'embrasse ta morsure en songeant à tes lèvres que je n'ai pas encore eu le temps de goûter.

L'occasion de le faire se présentera peut-être bientôt. Du moins, je le souhaite.

Question de temps. Toujours question de temps.

Je m'endors.

Deux heures plus tard.

Dans les bras de Morphée, faute de mieux.

Chapitre 5

El trágico destino de Pablo Rodriguez

Jeudi, dix-neuf heures quarante-cinq, je suis sur l'avenue du Souvenir.

Devant le 1973.

J'entre et je me dirige aussitôt vers le guichet. Tel que promis, il y a une enveloppe à mon nom. C'est la première fois que je me fais inviter ainsi à un spectacle par une fille de mon âge.

C'est drôlement excitant.

La salle semble plutôt petite.

La moitié des places sont déjà occupées. Je prends le programme de la soirée qu'on me tend gentiment. Quand je veux sortir mon billet de l'enveloppe pour le présenter à la préposée, un papier glisse par terre.

Je le ramasse, c'est un mot de Gabriella.

Les places ne sont pas numérotées. On s'assoit donc où l'on veut. Je vois deux places libres au beau milieu de la salle, en plein centre de la rangée.

Vite, je m'y dirige.

Maintenant bien assis, je peux lire la lettre de Gabriella.

Cher Sébastien,

Je ne t'ai pas menti, mais je ne t'ai pas tout dit. C'est vrai que je serai dans la salle, mais sur la scène. Je joue dans le spectacle. Je ne pourrai pas être assise à tes côtés durant la représentation. Ce soir, tu n'as donc pas à t'inquiéter, tu ne te feras pas mordre. Tu sais, Sébastien, je suis très heureuse que tu aies accepté mon invitation.

Comme tu le verras, ce spectacle n'est pas bien drôle, mais j'espère que tu ne t'ennuieras pas. Après la représentation, j'aimerais ça que tu m'attendes. Ensemble, on pourrait aller jaser quelque part.

Bon spectacle,

Gabriella

On parle souvent du trac des acteurs. On ne parle jamais du trac des spectateurs. Là, j'en suis sûr, en deux minutes, je suis aussi nerveux que Gabriella.

Encore quelques instants avant le début du spectacle. Le temps de feuilleter rapidement le programme.

J'y apprends que la représentation durera une heure et qu'elle se déroulera sans entracte. Le spectacle s'intitule *Le destin tragique de Pablo Rodriguez*. C'est un long monologue accompagné de musique, de danse et de mime.

Un, deux, trois, silence.

Le rideau se lève.

La surprise!

Gabriella est là, toute vêtue de noir et elle joue du saxophone.

Sur la scène, il y a deux autres musiciennes qui évoluent au milieu de six danseurs et de deux danseuses. C'est un bon début, entraînant.

Au bout d'une dizaine de minutes, Gabriella dépose son saxophone et s'approche des spectateurs. Pendant ce temps-là, les deux musiciennes et les huit danseurs continuent la fête.

Gabriella commence à raconter.

Un matin
un matin de joie
de joie de chaleur de soleil
un matin de vie
à Santiago du Chili
Isabella a six ans
dans les bras
de son père Pablo
Pablo le plus beau
Pablo le plus fort
Pablo le plus doux
et Grazia la mère
depuis six mois
porte dans son ventre
le coeur de la vie
la vie qui respire
qui éclate de bonheur
dans les yeux d'Isabella
un vrai soleil
une lumière scintillante
Bientôt un frère
ou une soeur
pour la chère Isabella
bientôt dans son coeur
encore plus d'amour
encore plus de vie
Grazia Pablo Isabella
à Santiago du Chili

en un matin ensoleillé
un bonheur éclatant
dans la chaleur
de leurs coeurs

C'est magnifique à voir.
Et grandiose à écouter.
Gabriella raconte tout ça avec tellement de passion que je suis suspendu à ses lèvres. Là, elle s'arrête de parler et se dirige vers son saxophone.
Sur la scène, on sent partout le bonheur, la vie.
La scène est illuminée, la musique est endiablée. Probablement qu'on veut illustrer la passion de vivre, à Santiago du Chili, par une journée ensoleillée. C'est parfaitement réussi.
Au bout de cinq minutes de ce rythme, la musique cesse. Le silence s'installe de nouveau.
Après avoir déposé son saxophone, Gabriella reprend son texte.

Pablo au travail
dans une usine
c'est un chef syndical
assoiffé de liberté

qui défend la vérité
qui se bat contre l'injustice
qui veut construire
un monde meilleur
le meilleur des mondes
juste et libre
la passion de vivre
mais c'est le plus pur
le plus pur des hommes
le plus doux des pères
le plus tendre des époux
tel est Pablo Rodriguez
le père d'Isabella
et en cet après-midi
sombre malheur
malgré le soleil
los cuervos
les corbeaux
partout dans l'usine
se sont infiltrés
à la recherche de Pablo
de Pablo Rodriguez
le plus pur
le plus doux
le plus tendre des hommes
Sauve-toi Pablo
Sauve-toi Pablo Rodriguez
Vite vite Pablo Pablo

lo más pronto posible
au plus vite
sauve-toi
avant qu'il ne soit trop tard

Quelle comédienne!

Et quelle émotion dans la voix!

On pourrait entendre une mouche voler dans le petit théâtre de l'avenue du Souvenir. Mais pas une mouche n'ose défier ce silence. Les gens écoutent religieusement les paroles de Gabriella.

C'est impressionnant.

Au son d'une musique aux allures militaires, les danseurs reviennent maintenant sur scène. Ils s'emparent brutalement d'un des leurs.

J'imagine qu'on vient d'arrêter Pablo Rodriguez.

Los cuervos viennent de frapper.

Pablo a disparu
Grazia s'inquiète
trop beaucoup trop
et le sang de la vie
entre les jambes de Grazia
le sang d'un rouge violent
sur la peau blanche

commence à couler
abondamment
trop abondamment
pas de petit frère
pas de petite soeur
pour Isabella
le sang de la vie
coule par terre
le sang de la vie
s'infiltre partout
dans les entrailles déchirées
de la terre rouge
la muerte
la mort
au soleil couchant
et Pablo est absent
personne ne sait
où il est
sauf los cuervos
qui se sont envolés
le bec prêt à ronger
le coeur d'autres vies
los cuervos de la muerte
les corbeaux de la mort
los amantes de la muerte
les amants de la mort
los asesinos de la vida
les assassins de la vie

Pauvre Pablo
Pauvre Grazia
Pauvre Isabella
tres corazones quebrados
trois coeurs brisés
dans le sang
dans la mort

Elle pleure.

Gabriella pleure.

On voit les larmes couler abondamment le long de ses joues. Quelle intensité! Si je m'attendais à ça. À notre âge, habituellement, le théâtre, c'est plutôt de la comédie, de la bouffonnerie. Pas de tragédie comme ça. Et pourtant, c'est tellement passionnant.

Il faut dire que je ne suis pas très objectif. J'ai des préférences marquées pour la comédienne qui fait passer une aussi rare émotion. Je comprends maintenant qu'elle m'ait mordu. Avec toute cette fougue qui l'habite, je me considère chanceux qu'elle ne m'ait pas arraché le bras entier.

La tragédie continue à se dérouler sous nos yeux.

Isabella sous le bras
Grazia s'enfuit

loin de Santiago du Chili
avec le frère de Pablo
les ordres de Pablo
au cas où ça tournerait mal
Pablo va les retrouver
un jour prochain
un jour de gloire
un jour de liberté
un grand jour de vie
qu'on ne pourra plus étouffer
¿Dónde está Pablo?
Où est Pablo?
Pablo le plus doux
Et pourquoi Pablo
Pablo le plus tendre
los hombres y las mujeres
les hommes et les femmes
à Santiago du Chili
n'ont plus droit à la vie
au grand jour
condamnés au silence
por los cuervos de la muerte
par les corbeaux de la mort
les mains remplies du sang
de tous les justes
comme Pablo Rodriguez

Là, la scène est pathétique.

On s'empare du danseur qui joue le rôle de Pablo et on le déshabille complètement. À sa place, moi, je serais gêné. On a beau dire que c'est du théâtre, il est tout de même nu. Lui n'a pas l'air de s'en faire pour si peu. Il joue son rôle.

Là, on mime la torture. Et pas n'importe laquelle. On le fouette, on lui arrache la langue, on lui taillade la peau. Des horreurs, de vraies horreurs comme on en voit dans les reportages télévisés, et qui nous semblent si irréelles.

Puis, on lui bande les yeux.

Ensuite, on lui place un pistolet sur la tempe et on tire. Mais il n'y a pas de balles. Lui, Pablo Rodriguez, ne le sait pas, ne voit pas, ne sait rien, ne voit rien. Et on recommence la torture. Les tortionnaires ont l'air de s'amuser follement de la situation. Ils rient à gorge déployée de l'horreur qu'ils provoquent.

Rires sanguinaires et diaboliques.

On y croit.

Revoilà Gabriella.

Presque seize ans
Isabella n'a jamais su
personne ne sait

où est Pablo
le doux Pablo
le tendre Pablo
dix ans plus tard
desaparecido
porté disparu
en cet après-midi ensoleillé
à jamais disparu
probablemente muerto
probablement mort
mais peut-être encore vivant
dans une prison souterraine
sans la caresse du vent
sans la lumière du soleil
sans la chaleur de Grazia
de Grazia et d'Isabella
c'est le tragique destin
de Pablo Rodriguez
porté disparu
depuis dix ans
dans la gueule
de los cuervos de la muerte
des corbeaux de la mort
Isabella aimera toujours
son papa Pablo
qui dansait avec elle
sous les orangers en fleur
merci Pablo

pour la passion de la justice
pour la passion de la vie
vive Pablo
le plus tendre des hommes
et le plus doux des pères
où que tu sois
tu continues à bercer
le coeur de ma vie
¡Viva Pablo!
¡Viva Pablo...!

Les huit danseurs et les deux musiciennes vont alors rejoindre Gabriella à l'avant de la scène et ils crient le *¡Viva Pablo!* avec elle. Dans la salle, nous sommes tous invités à faire de même. Le poing en l'air, mes voisins entonnent avec vigueur le *¡Viva Pablo!* À mon tour, j'entre dans la ronde.

Puis, brusquement, sur la scène, les lumières s'éteignent.

Le spectacle est terminé.

Au son du *¡Viva Pablo!* de la salle, les comédiens reviennent nous saluer. Je m'étonne que Gabriella n'y soit pas. Après tout, elle est la grande vedette du spectacle. Je ne la comprends pas. Elle aurait bien mérité ces tonnerres d'applaudissements.

La salle commence à se vider lentement.

En attendant Gabriella qui doit venir me rejoindre, je lis plus attentivement le programme. J'y apprends que Gabriella a aussi écrit le texte de la pièce de théâtre. Ça explique peut-être toute l'intensité qu'elle y a mise. Une histoire qu'on a écrite nous colle habituellement encore plus à la peau qu'une histoire inventée par une autre personne.

Finalement, je suis le seul spectateur encore assis dans la salle.

Quelqu'un quitte alors l'arrière de la scène et s'approche de moi. Je reconnais le garçon qui jouait le rôle de Pablo et qui a dû se déshabiller durant le spectacle.

— Tu es Sébastien, je pense. Gabriella fait dire de ne pas l'attendre. Elle ne se sentait pas bien et elle a décidé de rentrer chez elle tout de suite. Elle ne veut pas que tu t'inquiètes à son sujet. Au cours des prochains jours, elle va te donner de ses nouvelles.

Je suis déçu.

J'aurais tant aimé pouvoir la féliciter pour sa magnifique performance.

— C'est bien, merci pour le message. Je voulais te dire que vous étiez tous très bons. C'est une histoire qui sort de l'ordinaire et qui est bien prenante.

Après avoir salué le Pablo de la scène, je quitte les lieux.

Avec la tête remplie d'images. Mais ce n'est pas la disparition de Pablo Rodriguez qui revient me hanter. Non, je pense plutôt au talent, à la grâce, à la passion, à l'énergie, à la force de Gabriella Sanchez.

Et je pense que je suis devenu amoureux d'elle.

Sans le moindre doute.

Follement, follement amoureux de Gabriella Sanchez.

Chapitre 6

La revenante

Le lendemain de ce spectacle émouvant, je suis encore complètement bouleversé. Arrivé à l'école, je file directement à la bibliothèque. Je sens une passion féroce pour la géographie. Je veux tout savoir.

Surtout d'un pays, le Chili.

Je scrute le globe terrestre.

Le Chili est une longue et mince bande de terre qui traverse la moitié du continent sud-américain. D'un côté, la mer. De l'autre, les frontières collées surtout sur l'Argentine, un peu sur la Bolivie et à peine sur le Pérou.

Pays de douze millions d'habitants.

Colonisé par les Espagnols, il y a quatre

siècles.

Les Araucans qui habitaient alors le territoire ont subi le même sort que nos Amérindiens d'Amérique du Nord. Violence en règle dans les deux Amériques. À cette époque, pas si lointaine, tous les Blancs venant d'Europe étaient les plus forts. Alors, les autres peuples n'avaient qu'à se tasser. Disparaissez de la carte, bande de primitifs, était le mot d'ordre de la race blanche suprême.

L'humanité n'en est d'ailleurs pas à sa première injustice du genre. Au contraire, l'histoire du monde est remplie de massacres tous plus abominables les uns que les autres. Un empire se construit toujours au mépris de milliers de vies humaines sauvagement sacrifiées.

Au Chili, comme ailleurs.

Depuis cette conquête du Chili, au seizième siècle, on y parle la langue espagnole.

Je veux apprendre à parler l'espagnol.

Au plus vite.

J'emprunte donc un dictionnaire, une grammaire et une cassette intitulée *J'assimile l'espagnol en un rien de temps*. C'est ce qu'il me faut.

Dix heures.

J'ai une demi-heure à perdre avant le cours de maths.

Je me dirige vers la cafétéria, histoire de flâner un peu tout en rêvant à Gabriella. Si, au moins, j'avais son numéro de téléphone, je pourrais l'appeler. Au lieu de cela, je suis là à attendre qu'elle veuille bien me donner de ses nouvelles. Si au moins j'avais le nom de son école, je pourrais me débrouiller pour la contacter.

Mais non, rien.

Pas la moindre piste.

À part le 1973, avenue du Souvenir, près de la station LIBERTAD.

Dans le bottin téléphonique, j'ai déjà pris soin de chercher le nom Sanchez. Il y a cent soixante-huit Sanchez en tout. Je ne peux quand même pas téléphoner à toutes ces personnes et leur demander si elles ne connaîtraient pas une Gabriella. Non, vraiment, mission impossible que celle-là. Et puis, de toute façon, le numéro des parents de Gabriella est peut-être confidentiel. Alors, il ne serait pas dans l'annuaire.

Cette Gabriella a l'art de se faufiler sans me laisser d'indice. C'est une véritable énigme. Si ça continue, je vais demander l'aide des agents Gilbert. Ils ont déjà grandement prouvé leur indéniable compétence à bien mener une enquête.

— Tiens, tu es là, toi. Est-ce que je peux m'asseoir?

Chloé.

Chloé Beaupré elle-même.

— Oui, oui, tu peux t'asseoir, Chloé. Mais je t'avertis tout de suite que je ne pourrai pas rester bien longtemps. J'ai un cours de maths dans quelques minutes.

— Sébastien, dis-moi franchement, est-ce que tu m'en veux encore?

Je suis pris au dépourvu et je ne sais trop quoi lui dire. Je m'inquiète pour rien, puisque Chloé n'attend pas ma réponse pour reprendre la parole.

— Chaque fois que tu me vois, j'ai l'impression que tu me fuis comme si j'avais la peste. Je peux t'expliquer ce qui s'est passé. De toute façon, tu ne devrais plus t'en faire, c'est fini avec Simon, ce maudit menteur de macho.

Je me suis toujours douté que ces deux-là ensemble, ça ne pourrait pas durer bien longtemps. Mais avec les histoires d'amour, il faut quand même être prudent. Il ne faut surtout pas sauter trop vite aux conclusions, car la roue tourne quelquefois de façon bien surprenante.

Je la rassure.

— Bon, on dit ça, Chloé, mais c'est souvent une dispute passagère. Une petite querelle d'amoureux inoffensive. Demain, vous en rirez tous les deux.

À vrai dire, je suis très heureux d'apprendre cette bonne nouvelle. Leur rupture me fait du bien. Et en plus, j'espère qu'elle est définitive. Je leur souhaite aussi d'en souffrir profondément tous les deux.

Et les pires souffrances pour Chloé.

Il y a une semaine, un tel événement m'aurait bouleversé. Je me serais aussitôt revu au bras de Chloé Beaupré. Pauvre nigaud que je suis! Encore amoureux d'elle, je serais tombé dans son piège. Au septième ciel jusqu'au jour où elle m'aurait de nouveau quitté pour un autre. L'amour rend aveugle. Aveugle et innocent. Mais heureusement, pas éternellement.

— Tu ne peux pas imaginer ce que m'a fait Simon Lefort!?

— Non, mais à te voir l'air, c'est sûrement très grave.

— Très grave? Mais c'est monstrueux ce qu'il m'a fait. Hier soir, on devait aller au cinéma ensemble voir le dernier film d'horreur de Fred Sanguinaire. Bref, monsieur ne pouvait pas. Impossible, trop de travaux à remettre le lendemain. Il devait absolument passer la soirée à la maison pour faire ces fameux travaux. Moi, je comprenais ça et je n'ai donc pas fait d'histoire.

Encore un film de Fred Sanguinaire! C'est une véritable obsession chez Chloé Beaupré. Dans son enfance, par mégarde, on a sûrement dû la laisser tomber dans le cercueil de Dracula. Je ne vois pas d'autre explication à sa fascination pour les films d'horreur.

Elle continue son récit.

— En début de soirée, Julie me téléphone et me demande de l'accompagner au cinéma pour voir le dernier film de Fred Sanguinaire. Je n'hésite pas à accepter.

Encore et toujours ce Fred Sanguinaire dans les pattes. Depuis le départ, c'est de lui que j'aurais dû être jaloux. Pas du grand Simon Lefort!

— Une fois au cinéma, place au pop-corn, aux boissons gazeuses, à la gomme à mâcher et aux frissons garantis. Une soirée des plus excitantes qui s'annonce. Dès le début du film, Julie et moi on se tient déjà par la main, collées l'une à l'autre, fixées à nos fauteuils et figées devant l'écran. L'horreur était au rendez-vous, on ne pouvait pas mieux dire.

Charmante soirée, en effet, à la sauce Chloé Beaupré. De la vraie poutine de vampires!

— Les lumières du cinéma s'allument, on s'est bien amusées. On n'est jamais déçues avec Fred Sanguinaire. En me levant, j'aperçois une ombre familière au fond de la salle. Je reconnais rapidement Simon. Oui, Simon Lefort lui-même qui devait être chez lui à bûcher sur ses travaux. Je me dirige vers lui, vers eux devrais-je dire, car monsieur n'était pas seul.

Je pressens ce qui s'en vient.

Les pires horreurs ne sont plus sur l'écran, mais dans la salle. Pour une fois, Fred Sanguinaire vient de se faire voler la vedette.

Justice est rendue, Chloé Beaupré!

Et ne compte pas sur moi pour te consoler!

Non, maintenant, mon coeur est ailleurs.

Je suis guéri de toi, guéri du grand vertige amoureux que tu m'as fait vivre. Et puis, à ta place, je ne serais pas inquiète. Une belle fille comme toi, ça ne reste jamais bien longtemps prisonnière des griffes de l'ennui.

— Tu peux imaginer que Simon était mal à l'aise. Il m'a baragouiné une excuse minable. Je crois qu'il m'a raconté que ses travaux étaient moins difficiles que prévu, qu'il a donc fini plus vite. Je n'en croyais pas un mot, tu penses bien. Simon ment comme il respire. Je le déteste, je ne veux plus rien savoir de lui. Non, Sébastien, je crois que je me suis trompée. Mais il n'est peut-être pas trop tard pour réparer les pots cassés.

Là, ça risque de chauffer. Je dois quitter les lieux au plus vite.

— Salut Chloé, je ne veux pas être en retard à mon cours de maths. Il commence dans cinq minutes.

— Depuis quand es-tu devenu aussi ponctuel, Sébastien? S'il te plaît, ne te sauve pas. Est-ce qu'on pourrait redevenir des amis?

Redevenir des amis?

Elle est bonne, celle-là.

— Si oui, je t'invite chez moi, ce soir, à venir voir un film qu'on pourrait louer au club vidéo. Et pas nécessairement un film d'horreur. Non, on pourra regarder le film de ton choix. Est-ce que tu peux?

Est-ce que je rêve?

Il y a une semaine, j'étais seul, ma vie n'avait plus aucun sens, je me sentais inutile, je croupissais dans les eaux polluées du malheur. Et là, Chloé vient me supplier d'aller chez elle, et Gabriella semble s'intéresser à moi. C'est trop pour un seul homme.

La vérité, à Chloé.

Je pourrais y aller, mais je ne veux pas.

— Écoute, Chloé, les choses ont changé. À l'école, on peut se parler comme ça, entre les cours, je veux bien. Mais ce soir, je ne peux pas.

— Un autre soir, alors?

Elle insiste, j'hésite.

Et si ça ne fonctionnait pas avec Gabriella?

Si toute cette histoire n'était qu'un beau grand bateau qui allait couler à pic avant d'avoir vraiment navigué. Ma fougueuse tigresse du métro, la gorge pleine de mots, le coeur bourré de passion, n'est peut-être qu'un mirage. Un besoin féroce que j'ai de me bercer d'illusions. Quand je reprendrai mes esprits, je serai encore seul, le coeur desséché, au milieu du grand désert de ma vie.

Deux en même temps, ce serait tentant.

Une belle assurance antisolitude.

Mais je ne peux pas faire ça à Gabriella.

Moi, je ne suis pas un traître.

— Je ne crois pas, Chloé, que je pourrai te voir, même un autre soir.

— Sébastien, tu en aimes une autre?

— D'une certaine façon, oui. Ce soir, j'ai rendez-vous avec un coup de téléphone. Qui sonnera, qui ne sonnera pas, je ne saurais le dire. Mais j'aime mieux prendre le risque d'attendre cet appel que d'aller voir un film chez toi.

— Rendez-vous avec un possible coup de téléphone? Tu ne changeras donc jamais, toi. Tu es un grand rêveur, reste-le donc, c'est ce qui fait ton charme. C'est bien fait pour moi, j'aurais dû comprendre plus vite. Bon, je dois te laisser, maintenant. En tout cas, si tu changes d'idée, Sébastien, tu peux toujours me rappeler. En amour, on ne sait jamais ce qui nous pend au bout du nez.

Non, Chloé Beaupré, je ne changerai pas d'idée.

Mon charme de grand rêveur, je veux le partager avec une autre que toi. C'est le bout du nez de Gabriella que je veux maintenant caresser.

Pas le tien.

Mêler mon souffle d'amour et de vie à celui de Gabriella.

Ma fougueuse et mystérieuse Gabriella.

Mon amour.

Chapitre 7

LIBERTÉ

L'attente.

C'est vrai que c'est bizarre d'avoir rendez-vous avec un coup de téléphone.

Mais c'est ainsi.

Trois jours.

Durant trois longues soirées, je me morfonds à attendre. Mais je vais être enfin récompensé.

— Cette fois, Sébastien, elle a laissé un message, m'annonce Marie-Louise. En fin d'après-midi, Gabriella a téléphoné. Heureusement que j'étais à la maison, j'ai pu saisir son appel au vol. Elle sera chez elle, ce soir, et attendra de tes nouvelles. Tu peux toujours la joindre en composant

LIBERTÉ.

— En composant quoi?

— Oui, tu as bien compris. Compose LIBERTÉ et ta charmante Gabriella sera au bout du fil. C'est du moins le message précis qu'elle m'a laissé. En tout cas, vous deux, ça n'a pas l'air simple comme histoire de coeur. Mais ça semble drôlement excitant. Comment va la morsure?

— Quelle morsure? Il n'y a jamais eu de morsure, simplement l'envers d'une douce caresse. Excuse-moi, Marie-Louise, j'ai rendez-vous avec LIBERTÉ.

— C'est encore plus grave que je ne pensais, Sébastien. En te mordant, j'ai l'impression que ce n'est pas la rage qu'elle t'a injectée. Ce serait plutôt un puissant philtre d'amour qu'elle a fait circuler partout dans ton corps. Et qui t'a aussi foudroyé le coeur. Je pense que je vais téléphoner à ta Gabriella pour lui demander sa recette. Ça pourrait toujours me servir.

Ni le temps ni le goût de continuer cette conversation.

Vite, aller composer LIBERTÉ!

— *Gabriella ha salido. ¿Eres Sebastian?*

— Un moment, là, *un momento.*

Sebastian, ça va, c'est moi. *Gabriella ha*

salido, Gabriella est sortie. Oui, c'est bien compris.

— *Sí, sí, yo, yo, Sebastian.*

— *Encontrar Gabriella, a las diecinueve horas.*

Rencontrer Gabriella à dix-neuf heures, ça va. Mais où dois-je la rencontrer?

— *Sí, sí,* mais, *donde, donde Gabriella?*

— *Sí, sí, encontrar Gabriella al mil novecientos setenta y tres, avenida del Recuerdo.*

Bon, ça y est. Au 1973, avenue du Souvenir. À dix-neuf heures. Est-ce que c'est bien ce soir que je dois la rencontrer? J'ouvre mon dictionnaire: qualité, qualifier, quand.

— *¿Cuando Gabriella?*

— *Sí, sí, dentro de una hora.*

Dans une heure.

Je n'ai donc plus une seconde à perdre. Il est presque dix-huit heures.

— *Gracias, muchas gracias, señora.*

J'ai juste le temps de sauter dans le métro et de me rendre à la station LIBERTAD. Ensuite, de marcher jusqu'à l'avenue du Souvenir. Il n'est pas question que je rate l'occasion de revoir Gabriella.

Peut-être que Gabriella veut m'annoncer

qu'elle est devenue follement amoureuse de moi. Ce serait bien que tous les deux, en même temps, on ait eu le coup de foudre. En fait, tous les deux, de bienheureuses victimes du philtre d'amour.

Me voilà reparti.

Rêveur un jour, rêveur toujours.

Sans aucun avertissement, l'inquiétude s'empare soudainement de moi. Ce vent d'optimisme ne pouvait pas durer bien longtemps.

Le doute recommence à me ronger.

Moi, Sébastien Letendre, pour une fois, je pourrais regarder la réalité en face.

Que peut donc trouver une fille de la trempe de Gabriella à un gars comme toi? Elle fait du théâtre, elle est musicienne, elle est sûrement entourée de beaux gars. Juste à son spectacle de l'autre soir, il fallait voir les superbes danseurs qui évoluaient avec elle. Sûrement que l'un de ceux-là a déjà su réveiller ses cordes sensibles.

Pendant ce temps-là, moi, qu'est-ce que je fais de ma vie?

Pas grand-chose.

Surtout depuis presque deux mois.

À temps plein, je m'apitoie sur mon sort, je pleure sur ma grande misère. Non, non, je ne devrais pas me faire de si grandes illusions. En m'envolant ainsi dans les nuages, je risque de me retrouver encore dans une pénible débarque d'amour. D'une peine d'amour à l'autre, ce n'est pas le genre de vie que je me souhaite.

Ni dont je rêve.

Heureusement, avant que les idées noires ne me transforment en déprimé chronique, j'atterris devant le 1973, avenue du Souvenir. La porte est entrouverte, je n'ai qu'à entrer. Il semble n'y avoir personne dans l'enceinte.

Je me dirige vers la scène quand j'entends quelqu'un m'interpeller.

— Salut, Sébastien. Assieds-toi dans la salle, je vais chercher mon manteau et je suis à toi dans deux minutes.

C'est Gabriella.

Encore deux minutes à attendre.

C'est bizarre d'être assis seul dans une salle de spectacles. Ça nous donne de l'importance. En ce moment, j'ai besoin de me sentir important si je veux garder l'impression d'être à la hauteur de la situation.

— Bon, je suis prête. J'ai pensé qu'on pourrait aller boire quelque chose ensemble.

— Moi, ça me va, je te suis.

Nous quittons les lieux.

C'est la toute première fois que je marche à ses côtés, seul à seule. Jusqu'à maintenant, on n'a pas profité de beaucoup d'intimité. Dans le métro ou dans une salle de spectacles, on est habituellement abondamment accompagnés.

Gabriella a une démarche rapide, déterminée. Elle ne semble pas être une personne hésitante comme moi.

— C'est ici qu'on entre.

C'est un petit restaurant de quartier. Elle a l'air de connaître tout le monde.

On commande deux Pepsi.

— Veux-tu une paille? me lance-t-elle en souriant. C'est le même prix, et c'est moi qui te l'offre.

— La paille ou le Pepsi?

— Mais les deux, voyons, les deux.

On s'amuse.

Ça me détend.

— Est-ce que c'est ta mère qui répond au numéro LIBERTÉ quand tu n'es pas là?

— Oui, oui, c'est ma mère.

— Quand ta mère parle français, je te jure qu'elle a tout un accent espagnol. Je n'étais pas sûr de toujours bien comprendre ce qu'elle me disait.

Une gaffe?

Je n'aurais pas dû parler de l'accent de sa mère. Gabriella est devenue tout à coup songeuse.

— C'est toujours ma mère qui répond, Sébastien, quand ce n'est pas moi. Mes parents ne vivent plus ensemble depuis dix ans.

Ce n'est que ça.

— C'est normal, Gabriella. Mes parents aussi sont séparés. Je me demande pourquoi ils se marient, tout ce monde-là, si c'est pour aboutir au divorce. Moi, ça me dépasse complètement, pas toi?

Je la sens se renfrogner encore plus.

Ai-je encore dit quelque chose de déplacé?

D'éclatant, son visage devient tendu. Mais il ne perd rien de sa vivacité. Cette force que Gabriella dégage m'impressionne grandement. C'est une force qui semble provenir de l'intérieur d'elle-même. Comme si elle s'abreuvait à la source même de la vie. Je me rends compte qu'elle sirote nerveusement son Pepsi.

— Tes parents et mes parents, Sébastien, ça n'a rien à voir. Ce n'est pas du tout la même histoire...

— Mais je n'ai pas voulu dire ça...
Chaque couple a son histoire... Et cette histoire est sûrement différente de celle du voisin...

Je ne sais plus trop quoi ajouter.

Un silence. Court.

— Je voulais m'expliquer, Sébastien, pour mon attitude de l'autre soir après le spectacle. Je t'ai abandonné là, tout seul. Mais je ne pouvais pas faire autrement. Après le spectacle, j'ai eu une grosse indigestion et j'ai dû rentrer chez moi en vitesse. Ça tournait dans ma tête. Le lendemain matin, malgré une nuit agitée, je me sentais mieux. J'ai souvent ce genre de vertige-là qui me...

Je veux la rassurer et je lui coupe la parole.

— Mais je ne t'en ai pas voulu, Gabriella. Je me mets à ta place, ça doit être énervant de jouer dans un spectacle, surtout quand on l'a écrit. Moi, je ne pourrais pas. Le trac du spectateur, ça me suffit...

Gabriella me regarde alors droit dans les yeux avec une telle intensité que j'en suis gêné.

— Sébastien, ce n'est pas le trac. Non, ce n'est pas ça. Aussi bien te le dire tout de suite. Mes parents ne vivent plus ensemble pas parce qu'ils sont divorcés. Non, ils n'ont pas eu le choix. Il y a dix ans, à Santiago, mon père a mystérieusement disparu.

Si je m'attendais à ça!

— J'avais alors six ans, continue à me raconter Gabriella. Le spectacle, Sébastien, c'est moi qui l'ai écrit. C'est ma vie, tu comprends ça, ma vraie vie que je raconte là. Des pères *desaparecidos,* ça existe vraiment.

J'en reste muet.

Elle continue son récit.

— Pablo Rodriguez, c'est Miguel Sanchez. Et Isabella, c'est moi, Gabriella. Tu sais, au Chili, le 11 septembre 1973, il s'est passé quelque chose d'abominable. Un affreux général nommé Augusto Pinochet a fait tuer Salvador Allende, pourtant élu démocratiquement trois ans auparavant. L'auguste général, qui n'a d'auguste que le nom, a alors pris tous les pouvoirs. Dont le pouvoir de tuer qui bon lui semblait.

Grâce à mes lectures récentes, je connaissais un peu cet épisode tragique de l'histoire du Chili. Moi non plus, je n'avais pas en haute estime le sanguinaire général.

— Depuis ce temps-là, au Chili, des

dizaines de milliers de personnes sont mortes ou portées disparues. Mon père, Miguel Sanchez, fait partie des personnes portées disparues.

— Et tu ne sais pas s'il est vraiment mort ou encore en vie?

— On présume qu'il est mort. *Desaparecido,* porté disparu, c'est tout ce qu'on peut savoir. Voilà pourquoi après le spectacle, j'ai fait une énorme indigestion. Quand je pense à la méchanceté et au sadisme de certains humains, ça me fait vomir, c'est plus fort que moi.

Pauvre Gabriella!

Je comprends maintenant pourquoi elle jouait son rôle avec une telle intensité.

Sa propre histoire.

— Maintenant, tu sais tout ou presque, reprend-elle. Ma mère a perdu en même temps son mari et le bébé qu'elle portait. Elle est au Québec depuis dix ans. Mais son âme et son coeur sont restés là-bas. Complètement. Elle n'arrive pas à apprendre le français, ni l'anglais. Même s'il est sûrement mort, je pense qu'elle attend encore son Miguel de mari. Moi, j'ai désespéré de revoir un jour mon Miguel de père. *Desesperada.*

Les larmes me montent aux yeux.

Trop d'émotions fortes d'un seul coup.

L'amour et la mort au même instant.

— Pour l'incident du métro, ajoute Gabriella, tu as dû remarquer que j'avais mystérieusement disparu du décor après t'avoir mordu. Quand j'ai vu apparaître les agents de police, je me suis évaporée. Des hommes en uniforme soi-disant chargés de maintenir l'ordre, ça ne m'inspire pas confiance. Quand je les vois apparaître, je m'éloigne aussitôt. Trop de mauvais souvenirs...

— Je te comprends, Gabriella...

— C'est une peur qui me vient de loin, Sébastien, qui me suivra probablement partout, toujours, toute ma vie...

— Je te comprends, Gabriella, je te comprends...

Que pouvais-je dire d'autre?

Sinon encore répéter.

— Je te comprends, je te comprends très bien, Gabriella....

Tout à coup, aussi vive qu'un éclair, Gabriella est debout. Avant que je ne puisse réagir, elle a déjà quitté les lieux. Je n'arrive pas à la retenir. Comme la première fois, dans le métro, elle m'échappe.

Sur la table, elle a laissé une enveloppe.

Mon nom est écrit dessus. Je l'ouvre et j'y trouve le texte complet de son spectacle. Avec une dédicace.

À Sébastien,

¡LIBERTAD! ¡LIBERTAD!
Il faut tuer l'injustice à coups de courage et faire naître la vie à coups de tendresse.
Malgré tout, j'ai le coeur rempli d'orangers en fleur.
Comme l'était celui de mon père, Miguel Sanchez.
LIBERTÉ! LIBERTÉ!

Sébastien, merci de t'intéresser à moi,
Gabriella.

Elle me remercie de m'intéresser à elle! Mais c'est moi qui devrais la remercier. Et à genoux, en plus.

Est-ce que je rêve encore? Non, je suis là, bien vivant. Et Gabriella existe également. Elle est bien vivante.

Et maintenant, je sais que je n'ai qu'à composer LIBERTÉ pour la joindre.

Et je n'ai pas l'intention de m'en priver.

Admirable et fougueuse Gabriella, comment ne pas devenir encore plus amoureux fou de toi?

Ma perle rare.

Mon pauvre oiseau blessé.

Si cruellement.

Chapitre 8

Cauchemars

Vingt-deux heures.

De retour à la maison, les idées s'entre-choquent dans ma tête. Je regrette mon attitude.

J'aurais dû retenir Gabriella, l'empêcher de disparaître comme ça. Mais avec quels mots, avec quels gestes? Je n'ai pas l'habitude de rencontrer des personnes qui ont réellement vécu des expériences aussi intenses.

Au cinéma ou à la télévision, c'est sûr, j'ai vu mourir des milliers de gens. Certains dans des reportages, mais la plupart dans des films de fiction. Des tonnes et des tonnes de personnes qui meurent à tout instant sur les grands et les petits écrans. Mais je reste étranger à ces images. C'est comme si ça se déroulait sur une autre planète.

De toute façon, je n'ai pas le choix.

S'il fallait que je craque chaque fois que quelqu'un meurt à l'écran, je serais une fissure ambulante. Mais cette fois, ce n'est pas pareil, ça me chavire le coeur. Pauvre Gabriella, comment a-t-elle pu faire pour accepter ça? D'ailleurs, elle ne l'a pas accepté et je ne vois pas pourquoi elle le ferait.

Dans son spectacle, elle crie sa douleur.

Que faire d'autre que de crier devant une telle injustice? Dans tout ça, le pire n'est probablement pas la mort. Au contraire, on doit souhaiter la mort de l'être cher porté disparu. En arriver à vouloir la mort de son père pour lui éviter la souffrance, la torture, la déchéance et l'humiliation quotidiennes.

Chapeau bas à la belle humanité!

Je me souviens d'un reportage que j'ai vu récemment à la télévision. Ça se passait au temps de la guerre du Vietnam, il y a environ vingt ans de cela. On enfermait les hommes dans des cages trop petites pour eux. Et on laissait ces prisonniers enfermés là-dedans pendant des années.

Cinq, six, sept, huit ans.

Finalement, quand on les libérait de ces petites cages, ils ressemblaient à des boules difformes. Ils restaient infirmes pour le reste de leur vie.

À la guerre comme à la guerre.

Pour faire souffrir ses semblables, l'homme ne manque jamais d'imagination.

Il en déborde même.

Dans un autre reportage, je ne sais plus trop dans quel pays en guerre, on avait déshabillé des prisonniers. Ensuite, on leur avait versé du kérosène sur tout le corps. Puis, l'allumette fatidique. Mais on ne les laissait pas mourir. Pas tout de suite, du moins.

Quand on les avait bien rôtis, on les arrosait pour éteindre le feu. Les pauvres survivants étaient ensuite jetés dans leur cellule. Sans aucuns soins. La plupart en mouraient dans les jours qui suivaient. Mais certains survivaient des semaines, des mois même.

À la guerre comme à la guerre.

Chapeau encore plus bas à la glorieuse humanité!

Je n'arrive pas à m'endormir.

Ça bouillonne trop dans ma tête.

Je ferme les yeux et j'utilise la bonne vieille technique de mon enfance: je compte les moutons. Ça n'a pas l'effet bénéfique souhaité. Les moutons ne restent pas blancs bien longtemps. Embrochés et calcinés, ils ne sautent plus de clôture, mais ils bêlent à me fendre l'âme.

Minuit.

Je ne dors toujours pas.

Soudainement, je sens le besoin de téléphoner à mon père. À cause de l'heure tardive, j'hésite. Et puis, il faut l'admettre, je n'ai rien à dire à mon père. De toute façon, ça ne l'intéresse pas de m'écouter. Il ne l'a jamais fait, et je ne vois pas pourquoi il commencerait à le faire maintenant. Non, vraiment, mon égoïste de père, à part son petit confort, rien ne l'intéresse. Surtout pas les angoisses imaginaires de son fils.

Là, maintenant, je voudrais tant serrer Gabriella dans mes bras. Pour nous consoler tous les deux. Mais surtout, pour nous aimer et nous comprendre.

Sur cette pensée, je finis par m'endormir.

Mon père est un général d'armée, et je suis un de ses soldats. Il crie constamment après moi, comme tout bon général qui se respecte, et je veux me révolter. En deux temps, trois mouvements, je suis enfermé dans une cellule. Avec des personnages plutôt inquiétants et hideux.

J'implore mon père de venir me libérer. Il s'approche de la cellule avec un bâton et menace de me frapper si je ne me tais pas immédiatement. Deux de mes compagnons de cellule me sautent dessus et me donnent une véritable raclée. Et mon père assiste à ça froidement. Puis, un autre prisonnier sort un immense couteau, s'approche de moi et...

En sueur, je me réveille.

Un grand verre d'eau avant de me recoucher.

Et de me rendormir.

Je regarde la télé. C'est un suspense. Tout à coup, ça bondit de partout. La télé saute, les cadavres se retrouvent dans le salon, à mes pieds. Ma mère est en sang, et Marie-Louise a une balle dans la tête.

Je veux demander de l'aide, je veux crier, mais je n'arrive pas à émettre le moindre son. J'essaie de me lever, rien à faire, je suis paralysé. Et les cadavres tombent maintenant directement sur moi. Ça s'accumule à un rythme affolant. Sous les cadavres, j'étouffe, je n'ai plus d'oxygène, je vais mourir...

Mais que m'arrive-t-il cette nuit?

J'ai la tête remplie de cauchemars.

Un peu de musique pour me détendre.

Vite, mon walkman pour chasser toutes ces horreurs qui me hantent!

Enfin, un peu de calme en écoutant la douce ballade de Macédoine 649 intitulée *La chaleur d'un amour.*

Puis j'éteins la lampe de chevet et je ferme les yeux.

Lentement, je m'assoupis.

Dans un grand stade, une foule impressionnante est venue assister à un concert rock. Ça promet d'être fabuleux. Cette fois-ci, je ne suis pas spectateur. Non, je suis le chanteur solo du groupe. Les fans me réclament à grands cris. Je les fais languir. Après tout, je suis la vedette, et une vedette qui se respecte sait se faire désirer.

Les autres membres du groupe font patienter l'auditoire en interprétant quelques pièces musicales. Histoire de réchauffer la salle. Puis, j'apparais. Flamboyant, unique, talentueux, adulé par la foule. Je m'approche du centre de la scène et je commence à chanter.

Une bombe explose, la scène est en feu.

Je deviens rapidement une véritable torche humaine. Mon visage fond comme s'il était fait de cire. Rapidement, je deviens tout défiguré. Mais je ne perds pas conscience et je ressens les brûlures qui mordent ma chair. Malgré tout, je continue de chanter. La foule est en délire, on applaudit à tout rompre.

Ça me brûle de partout, je souffre horriblement.

Puis, miracle, c'est le soleil.

La chaleur sur ma peau. La douceur d'un vent léger qui me caresse le corps nu.

Je suis sur une île.

Seul.

Non, je ne suis pas seul. Quelqu'un est à mes côtés. Je la reconnais, oui, c'est bien elle, c'est bien Gabriella. C'est la première fois que je la vois nue.

Tous les deux, nus. Gabriella et moi, nus et beaux. En riant, nous nous baignons dans la mer salée et chaude. Le long de la plage, on court comme des fous. D'épuisement, on tombe dans les bras l'un de l'autre.

Sur le sable doux, nous nous couchons. L'un près de l'autre, assez près pour nous toucher, on reprend notre souffle. Effleurer

Gabriella me remplit de désir. On se caresse. Longuement, doucement, tendrement. Et un immense plaisir s'installe en moi, dans tous les pores de ma peau. Le grand délice de sentir la peau de Gabriella frôler la mienne de partout.

Le vrai paradis.

Pas seulement terrestre, mais cosmique.

Les écouteurs encore dans les oreilles, je me réveille brusquement.

Je me sens tout engourdi.

Je constate alors que, pendant mon sommeil, j'ai dû éjaculer. Le drap est encore chaud et humide.

Pollution nocturne: émission involontaire de sperme durant le sommeil. Involontaire, mais plutôt agréable. Franchement, on aurait pu trouver une meilleure expression pour définir cette si pure, si belle et si involontaire jouissance! Non, je ne suis pas un pollueur, je refuse de l'être. Je laisse ça aux usines, aux pétroliers, aux automobiles, aux fumeurs. Nocturne, ça peut toujours aller. Mais pollueur, ça jamais!

Dans mon rêve, Gabriella et moi, on était nus et beaux, collés l'un à l'autre, bercés par notre tendresse et sous l'emprise d'un immense plaisir.

De la pollution, ça?

Dans la tête des autres, peut-être.

Sûrement pas dans la mienne.

Quel rêve délicieux! Si je pouvais le recommencer encore et encore!

Mais c'est trop tard.

Dehors, il fait déjà clair. Il est sept heures et demie, et le devoir scolaire m'appelle.

Quelle affreuse nuit de cauchemars!

Heureusement, grâce à Gabriella, ma nuit d'horreur s'est agréablement terminée.

Sans te demander la permission, ma chère Gabriella, je prends un oreiller et je te serre dans mes bras. Très fort et pour quelques petits instants seulement.

Ton autorisation, ce sera pour plus tard. Pour le moment, j'ai bien besoin d'agir de la sorte.

Plein du grand amour qui m'habite.

Pour toi, Gabriella, la chaleur de mes rêves.

Pour toi, Gabriella, la lumière de ma nuit.

De la part du plus tendre et du plus heureux de tous les pollueurs nocturnes de la planète.

Chapitre 9

Pic-Bois, le S.-A.

Ce matin, j'aurais pu dormir une heure de plus.

J'ai complètement oublié que le cours de morale était facultatif. Avec la nuit agitée que je venais de vivre, je n'avais pas la tête à mémoriser mon horaire scolaire.

Je me retrouve donc à la station ESPOIR avec une heure à perdre. C'est l'occasion rêvée d'aller entendre jouer les Métro-Nhommes.

— Bande de pourris, vous savez pas ce qui vous attend. Bang!... un grand coup de tonnerre, et en trois secondes, vous avez tous disparus. Bang! bang! bang!... je nettoie la planète des milliards de fourmis qui l'habitent. Eh toi, le jeune, veux-tu mon portrait? C'est au moins deux piastres pour tirer le portrait du grand boss du métro.

Je regarde autour de moi.

Personne.

C'est bien à moi que le vagabond s'adresse.

En titubant, le clochard me pointe du doigt tant bien que mal. Tout en s'approchant, il reprend son envolée de plus belle.

— Donne-moi une piastre, le jeune pourri, que je me paye un café. Un beau geste avant de mourir, ça fera pas de tort. Ah! ah! ah!... je te fais peur, hein, le jeune pourri? Je vais être accusé de meurtre parce que tu vas mourir de peur... Ah! ah! ah!... Bang! bang! bang!... Mais avant de mourir, tu vas pisser dans tes culottes, le jeune morveux... Morveux de peureux de pourri de pissoux...

— Pic-Bois, laisse-le donc tranquille. Moi, je vais te donner deux piastres à condition que tu disparaisses de la station jusqu'à demain.

C'est Gerry Ciment qui vient d'intervenir.

— Sébass, il ne faut pas t'en faire, il n'est pas dangereux. Pic-Bois, c'est une grande gueule. Mais au fond, il ne ferait pas de mal à une mouche.

— Mais, Gerry, je n'ai pas peur...

Quand on est un homme, il faut bien mentir un peu. La peur, ce n'est pas et ce ne doit pas être du genre masculin. Les apparences sont ainsi sauvées. Pourtant, avec ce type d'individu agressif, qu'on soit du genre masculin ou féminin, on ne sait jamais à quoi s'attendre. Un coup de couteau, c'est si vite donné. Et si vite reçu.

— Maintenant en ville, il y en a des milliers comme Pic-Bois, m'explique Gerry. On les appelle les S.-A. Ils dorment un peu partout, le corps enroulé dans de vieux sacs en plastique pour se protéger du froid ou de la pluie. Le matin, ils boivent de l'alcool à friction ou du cirage à chaussures au lieu d'un bon café. Les autres repas, ils fouillent dans les poubelles pour y ramasser des restants de pizza, de beignes ou de poutine.

Ce matin, Gerry Ciment m'étonne. Depuis deux minutes qu'il me parle, il n'a pas encore glissé un mot au sujet de ma soeur.

— Sébass, sais-tu ce que ça peut goûter un restant de poutine étalé sur un beigne dans une poubelle?

Je n'osais pas l'imaginer.

— Je te le dis, continue-t-il, la plupart des S.-A. sont plus détraqués que dangereux. La majorité d'entre eux auraient bien besoin d'être soignés, d'être protégés. Mais leur problème, et c'est ça le plus grave, c'est que plus personne n'en veut. Tu m'entends, Sébass, plus personne n'en veut. Des indésirables, *all the way.*

Gerry hausse le ton. Il semble indigné.

— Je te le dis, si on pouvait tous les entasser dans des barils et les envoyer vivre sur une autre planète, on le ferait sans problème. À bord du même vaisseau spatial, les S.-A. et les BPC! Bon voyage et bon débarras, bande de pourris! Et surtout, qu'on ne vous revoie plus jamais!

Là, les dernières paroles de Gerry me vont droit au coeur.

— Tu sais, Sébass, les bonnes gens n'aiment pas ça voir la laideur et la misère en pleine face.

Je ne peux pas rester insensible à de tels propos. Tout le monde doit se sentir responsable d'une telle misère, y compris moi. À part Pic-Bois que je viens de rencontrer, je ne connais pas personnellement de sans-abri. Mais ça ne m'empêche pas de les

apercevoir un peu partout. Un jour, j'aimerais ça faire quelque chose pour eux.

— Sébass, si on revenait maintenant à
des choses plus réjouissantes. Comment va
ta soeur? Et qu'est-ce que t'attends, toi,
pour me la présenter officiellement? Mais
ne me fais jamais le coup de ne pas
m'avertir avant. Pour l'accueillir, je veux
me louer un smoking. Et pas un smoking
noir de pingouin. Non, un smoking rose.
Les bonnes manières, moi, je connais ça.

Bon, je dois régler ça tout de suite avec
lui. Il est temps que je lui explique. Lui
faire comprendre sans le blesser. Sous ses
dehors de grosse brute endurcie, il semble
être plutôt sensible. Dans ces cas-là, il n'y
a qu'un argument qui peut décourager
l'aspirant prétendant.

— Tu sais, Gerry, je ne voulais pas te le
dire, mais ma soeur n'est pas libre. Ça fait
bien trois ans qu'elle fréquente le même
gars. Un étudiant à l'université comme
elle. Ça semble très sérieux. Ils parlent
d'emménager bientôt ensemble. Et ma
soeur, ce n'est pas le genre volage. Non, ce
serait plutôt le genre fidèle, tu comprends?

— Comme je les aime, Sébass. Instruite
et fidèle, le vrai paradis pour un gars

comme moi. Ah! Sébass, là, tu me coupes les bras, tu me scies en deux.

— Gerry, j'aimais mieux t'avertir tout de suit...

— Mais je m'en doutais un peu, m'interrompt alors Gerry. Si ta soeur veut vivre avec un autre gars, je suis mieux de faire un gros X majuscule sur elle. Je te dis, Sébass, c'est toujours comme ça. Les filles les plus intéressantes sont toujours prises. Et pas toujours par les meilleurs gars. Tant pis pour elles, elles ne savent pas ce qu'elles manquent.

Gerry me regarde alors intensément dans les yeux.

— Moi, Sébass, pour ta soeur, ajoute-t-il sur un ton légèrement dramatique, j'aurais pu être le vigoureux banjo qui accompagne la tendre mandoline. Mais mettons que j'oublie tout ça.

C'est dit.

— Bon, Gerry, ce matin, j'ai du temps devant moi. Je vous suis et je vais écouter les célèbres Métro-Nhommes.

— Justement, Sébass, à propos des Métro-Nhommes, je voulais te proposer quelque chose. La Bébite et moi, on a un problème. Moi, je chante comme une vieille locomotive à vapeur. La Bébite, n'en parlons pas, c'est pire que moi. Alors, pour ne pas que ça paraisse trop, on baragouine des bouts de chansons en anglais. Tu me suis?

— Oui, oui, jusque-là, ça va.

— Ce qu'on aimerait, c'est d'ajouter des chansons françaises à notre répertoire. Et j'ai pensé à toi pour les chanter.

— Es-tu fou, toi là?

— Laisse-moi continuer, Sébass. Tu sais, la nuit qu'on a passée ensemble à attendre pour acheter les billets de Macédoine 649, je t'ai entendu chanter pendant que tu écoutais ton walkman. Tu as une belle voix. Si tu acceptais, tu pourrais nous rendre service. Il faut juste apprendre quelques chansons et les répéter souvent. Les gens passent tellement vite, personne ne va se rendre compte qu'on se répète.

— Mais, voyons, Gerry, je n'ai jamais chanté en public. Moi, je suis sûr que je n'ai aucun talent pour ça.

— Le talent, Sébass, ça se travaille. À part ça, on peut te payer. Une partie des recettes, c'est à négocier.

C'est vrai que je connaissais déjà par coeur beaucoup de bonnes chansons françaises. Je n'avais qu'à choisir parmi celles de Renaud Céchouette, Michel Rivage, Josiane Boucan, Francis Gamelle, Richard Sagouine, Johanne Babouin, et de tas d'autres bourrés de talent.

L'embarras du choix, quoi!

Mais de là à les chanter en public, il y avait un grand pas que je n'aurais jamais osé franchir.

— Sébass, tu devrais accepter, se permet d'insister Lachapelle la Bébite. La langue française est en train de revenir à la mode. Alors, les Métro-Nhommes, il faut qu'on chante aussi en français. En tout cas, à ta place, je n'hésiterais pas à essayer. Tu n'as rien à perdre, tu es jeune, profites-en pour faire des expériences.

Des expériences, c'est bien beau!

Mais pas n'importe lesquelles!

C'est donc sans la moindre hésitation que je décline l'offre des Métro-Nhommes.

— Non, je ne pourrais pas chanter en public. Malheureusement, c'est trop me demander. Ça me fait trop peur. Je n'ai ni le talent, ni le courage d'essayer ça. Et puis, je suis beaucoup trop timide. Le trac va m'anéantir. Moi, le trac du spectateur, ça me suffit largement.

Je les salue.

Je dois maintenant partir.

Sinon, je serai en retard au cours de géo.

Et aujourd'hui, il n'est pas question de le rater. On va parler de l'Amérique du Sud. Je me fous de savoir quels sont les pays traversés par la cordillère des Andes, et où est exactement situé le lac Titicaca.

Mais je veux tout savoir sur le Chili de Gabriella.

Et sur celui de Miguel Sanchez.

Son père *desaparecido*.

Chapitre 10

À la hauteur de sa vie

Je le sens, je dois faire quelque chose.

Non, je ne peux pas, je ne veux pas passer ma vie ainsi à attendre de vieillir.

Fatigué, je suis fatigué, fatigué de toujours attendre.

La vérité, c'est que je suis anxieux.

Depuis quelques jours, l'anxiété m'envahit totalement.

J'ai hâte de vieillir, c'est sûr. Mais en même temps, je crains de ne pas être à la hauteur de la vie, de ma vie.

Au fond, vieillir me fait peur. J'ai l'impression qu'il faut que j'apprenne rapidement des tas de choses pour pouvoir entrer dans l'âge adulte.

Quelles choses?

C'est quoi être à la hauteur de sa vie?

Je serais bien embêté de le dire.

Et je suis sûr que personne ne peut me l'expliquer. Personne et surtout pas les adultes qui cherchent toujours à faire la morale au lieu d'écouter et d'essayer de comprendre. Mon père est un beau spécimen du genre.

Je sais une chose, cependant, c'est que le temps passe. Et que moi, en même temps, je n'avance pas. Comme d'habitude, je piétine lamentablement. Je n'arrive pas à prendre des décisions, l'inquiétude me ronge trop.

Là, avec Gabriella, je n'ose plus lui donner de mes nouvelles. Elle non plus ne m'a pas rappelé. C'est donc qu'elle n'est pas vraiment intéressée à moi. Je la comprendrais facilement. À côté de cette fille fougueuse et vivante, je ne fais pas le poids. Moi, à part une peine d'amour avec Chloé, il ne m'est rien arrivé de bien extraordinaire. Une vie remplie d'immenses platitudes.

Pourtant, dans mon rêve, j'étais aussi beau, aussi vivant que Gabriella. Dans mon rêve, j'allais chanter. Je souffrais, bien sûr, mais je bougeais. Finalement, j'ai réussi à atteindre un immense plaisir aux côtés de Gabriella. Rêver, c'est quelque chose, c'est même un bon point de départ.

Gabriella, Gabriella, c'est devenu une véritable obsession. C'est vrai qu'elle est talentueuse, fougueuse, vivante, belle, désirable, intelligente, et j'en passe. Mais je ne dois pas devenir, pour autant, une affreuse pâte molle qui n'attend que les autres pour prendre forme.

J'aime Gabriella.

Et puis après?

Je me parle. Durement.

«Premièrement, il faudrait peut-être que je le lui dise. Elle ne peut pas deviner toute seule que je suis en amour fou avec elle. Elle ne me donne plus de ses nouvelles, la belle affaire! Elle m'en a déjà bien assez donné comme ça, de ses nouvelles! Et pas des plus banales, en plus! Par contre, elle ne sait rien de moi. Avant de lancer l'éponge et de me réfugier encore dans mes pénibles lamentations, je pourrais essayer de me débattre un peu.»

Quand je me vois réagir ainsi, j'aimerais changer de peau avec un autre. Avec une autre. Avec Gabriella. Devenir Gabriella pour mieux plonger dans la vie. Prendre la

vie par le chignon et l'obliger à me rendre
énergique et courageux. Finies les peurs,
les hésitations, les lâchetés!

Je continue mon procès.

«Si je l'aime autant que ça, si elle est
devenue ma grande héroïne, je pourrais au
moins essayer de devenir quelqu'un. Quelqu'un d'autre qu'elle. Quelqu'un d'autre
que n'importe qui d'autre. Devenir moi, est-
ce trop me demander? De toute façon, je
n'ai pas le choix. Le néant, ça n'intéresse
personne, pas plus Gabriella qu'une autre.»

Je prends une résolution importante: fini
Sébastien Letendre de jouer à la salle d'attente ambulante! À jamais fini, le creux de
la vague!

«Alors, la vie, je dois choisir la vie. Tout
d'abord, la vie, ma vie. Mon rêve me revient encore à la mémoire: tous les deux,
vivant au soleil éclatant, nus et beaux sur le
sable chaud. Ça vaut la peine de se battre
pour un tel paradis.»

Bon, il y a peut-être une solution pour
me sortir de mon apathie. Depuis quelques
jours, la proposition de Gerry Ciment me
trotte dans la tête. Aller chanter quelques
chansons dans le métro, ce serait tout de
même un début. Il faut bien que je com-

mence quelque part. Autrement, je croupi-
rai toujours au point zéro.

Et puis, si Gerry m'a invité, c'est qu'il
croit en moi. Naïf, que tu es naïf, Sébastien
Letendre! Gerry veut se rapprocher de moi
pour pouvoir enfin entrer en contact avec
Marie-Louise. Je n'ai pas l'impression que
ce que je lui ai raconté va l'empêcher de
fantasmer sur ma soeur. Au contraire, c'est
le genre de gars qui s'excite encore plus
devant la difficulté.

Ça suffit.

Au galop, à la station ESPOIR!

Je me dirige vers les musiciens. Malheureusement, ce ne sont pas les Métro-
Nhommes qui jouent ce matin. Mais ils
seront là à dix heures.

Dans une heure.

Je vais les attendre.

J'ai mon walkman et la cassette où j'ai
enregistré un choix des meilleures chansons françaises.

Une tape sur l'épaule.

Un des deux Gilbert est debout devant
moi. Il veut me parler et il me fait signe. Je
stoppe la cassette.

— Et puis, comment vont les amours, le
jeune? me dit-il, avec un large sourire.

Je n'ai pas le temps de placer un mot, aujourd'hui, l'agent Gilbert est en verve.

— Mais, à ta place, le jeune, je ne flânerais pas trop longtemps comme ça dans le métro. Tu as tellement de charme que tu risques de te faire mordre à tout instant. Nous, les policiers, on fait ce qu'on peut. Mais c'est difficile de bien protéger ceux qui éveillent d'aussi grandes passions que toi.

En s'éloignant, l'agent Gilbert éclate d'un grand rire.

Lui, il se trouve très drôle! Moi, beaucoup moins!

À mes oreilles, la musique revient.

Avec des paroles de Renaud Céchouette. Une de ses plus célèbres chansons traitant de la condition humaine. Coiffée d'un titre plutôt évocateur: *La Mimi à Titi est encore en cloque d'un autre môme.*

Titi c'est le sale mec à Mimi
qui se barre un de ces quat' mat' gris
plaquant Mimi en cloque qui lui crie
putain de dégueul' d'enfoiré de Titi

Dans la piaule y'a rien à bouffer
t'es le plus taré de tous les connards

j'suis plus morgane d'un tel ringard
qui bosse pas et qui a jamais de blé...

La belle langue française.

Universelle et poétique.

J'aperçois Gerry et la Bébite Lachapelle qui arrivent avec leurs instruments de musique.

Je m'approche d'eux.

— Tiens, Sébass, de la grande visite. Ce n'est pas tous les jours qu'un groupe a la chance de voir son chanteur. Tu viens nous annoncer la bonne nouvelle. Pour la proposition qu'on t'a faite, la Bébite et moi, c'est oui?

— Oui, j'accepte, mais à une condition cependant. Si tu as deux minutes, Gerry, je vais t'expliquer.

— Pas de problème, Sébass, je suis à toi dans une seconde. Toi, la Bébite, tu prépares tout, je reviens à dix heures pile.

En deux temps, trois mouvements, Gerry et moi, on se retrouve à siroter un Pepsi *Aux délices du métro*.

— J'accepte, Gerry, mais une fois seulement et à l'essai. J'ai un gros projet à te proposer.

— Je t'écoute.

Mon idée était simple: je voulais faire quelque chose pour les plus démunis de la société. J'avais décidé de faire ma part pour combattre l'injustice.

— Alors, je voudrais organiser un Métrothon afin de ramasser des fonds pour Pic-Bois et les sans-abri. Ça pourrait se dérouler à la station ESPOIR. Il suffirait d'inviter d'autres musiciens, si tu en connais, bien sûr.

— Ça, ce n'est pas un problème, je suis le président de l'Association des musiciens du métro. C'est tout un projet que tu as là, mon Sébass. Tu voudrais qu'on fasse ça quand?

— Le plus tôt possible, Gerry. Disons, dans une semaine, samedi prochain. Je dois faire quelque chose, ça devient urgent que je bouge.

— C'est vite, pas mal vite. Mais c'est sûr, ça peut toujours s'arranger. Ramasser de l'argent pour Pic-bois et les autres, je ne demande pas mieux. O.K., Sébass, je te dis oui, la cause est trop bonne.

— Merci, Gerry, je savais que je pouvais compter sur toi. Mais j'ai aussi une faveur à te demander. Aux quelques chansons déjà connues que je vais interpréter ce jour-là, je voudrais en ajouter une que je viens de composer. On pourrait la répéter ensemble d'ici là et je la chanterai le soir du Métrothon. Tu comprends, Gerry, c'est important pour moi. Une grosse affaire de coeur que je ne voudrais pas rater.

— O.K., Sébass, O.K. Mais, de ton côté, tu vas me promettre une chose. Samedi soir, tu vas emmener ta soeur au Métrothon. Donnant, donnant. Moi aussi, j'ai un coeur qui bat. Et pas mal fort, à part ça.

— Marché conclu, Gerry.

Marie-Louise ne pourra pas me refuser ça. De toute façon, je n'ai pas promis à Gerry de lui amener ma soeur dans son lit. Non, elle n'aura qu'à se montrer le bout du nez à la station ESPOIR. Faire acte de présence suffira.

Vite, une cabine téléphonique!

Composer LIBERTÉ.

La mère de Gabriella répond.

— *Buenos días, señora. Un mensaje por Gabriella.*

— *¿Sebastian? ¿Sebastian?*

— *Sí, sí, Sebastian.*

— *El sábado próximo, a las veinte horas, estación ESPERANZA.*

Samedi prochain, à vingt heures, à la

station ESPOIR, je t'attendrai, ma chère Gabriella.

— *¿Por qué, Sebastian? ¿Por qué?*

Pourquoi je veux voir Gabriella? Ça, *señora* Grazia Sanchez, ça ne vous regarde pas. Pour l'instant, la *señora* a besoin de savoir uniquement l'essentiel.

— *Por un Metrothon.*

— *¿Un Metrothon?*

— *Sí, sí, un Metrothon. Por los pobres sin casa ni dinero.*

Un jeune qui participe à un Métrothon pour des pauvres sans un sou et sans logis, c'est sûrement rassurant pour une mère d'entendre ça. D'ailleurs, elle le manifeste.

— *¡Bravo Sebastian, bravo!*

Maintenant, tout est en place.

Pour Gabriella, pour Pic-Bois, pour la vie, pour ma vie, pour l'amour, mon amour!

Espérons que je ne flancherai pas à la dernière minute.

Si jamais je me décourage, je pourrai toujours relire *El trágico destino de Pablo Rodriguez*. Ça devrait me donner du courage.

Et des tonnes d'énergie.

Dans ma tête, enterrer la honte.

Dans mon coeur, respirer la liberté,

nourrir la fougue, chanter l'amour, goûter la vie!

Et éloigner tout le reste.

Chapitre 11

Le grand jour

Ouf, déjà dix heures!

À la station ESPOIR, à midi, le Métro-thon pour venir en aide aux sans-abri doit se mettre en branle.

Allez, debout, je n'ai pas de temps à perdre.

Douche, pantalon, tee-shirt.

Jus d'orange, croissants chauds, fromage, confitures, un festin royal pour commencer une si importante journée.

Mon walkman et salut la compagnie!

— Marie-Louise, n'oublie pas de venir faire ton tour à la station ESPOIR. Et emmène Sylvain. Je t'expliquerai plus tard pourquoi. Sylvain ou un autre, moi je m'en fous. Mais viens avec un gars.

Vite, au métro!

Le Métrothon est prévu de midi à minuit.

Douze heures d'affilée.

Animé par Gerry.

À mon arrivée, ça bourdonne déjà d'activités. Une bonne dizaine de musiciens sont déjà là. Ils ont des fourmis dans les doigts. Chacun accorde son instrument, mais ce n'est pas aussi cacophonique qu'un orchestre symphonique avant un concert. C'est quand même bruyant pour un samedi matin dans une station de métro.

— Salut, Sébass, me lance aussitôt Gerry, en me voyant apparaître.

Je dois me mordre les lèvres pour ne pas éclater de rire. Il l'a fait! Il s'est vraiment loué un smoking rose, notre coloré maître de cérémonie. Il y a de quoi impressionner Marie-Louise. Mais pas nécessairement dans le sens désiré par notre flamant rose d'un jour.

— On est chanceux, Sébass. Les agents Gilbert Cadieux et Gilbert Courchesne se sont arrangés pour être de service de midi à minuit.

Encore les deux Gilbert! Ils ne cesseront jamais de venir hanter ma vie, ces deux-là.

Et je ne vois pas pourquoi on est si chanceux de les avoir dans les pattes.

— Avec eux, on n'aura pas d'embêtements avec les autorités, continue Gerry. Si on était tombés sur des maniaques de l'ordre, on aurait eu des problèmes. Sébass, officiellement, on n'a pas le droit de faire notre Métrothon.

— Comment ça, pas le droit? On veut venir en aide aux sans-abri et on n'a pas le droit. C'est la meilleure, celle-là!

— Il aurait fallu s'y prendre des semaines à l'avance pour obtenir tous les permis nécessaires. Organiser un tel gala dans le métro, ce n'est pas aussi simple que ça. Mais ne t'inquiète pas, Sébass, les deux Gilbert m'ont promis de fermer les yeux. Ils jugent que notre Métrothon défend une bonne cause. Et en plus, les deux Gilbert adorent la musique.

Bon, assez de bavardages.

Il est presque midi.

Tout le monde, au travail!

Au cours de l'après-midi, toutes les heures, je viens interpréter une chanson. Le reste du temps, aidé de quelques autres bénévoles, je me promène dans la station ESPOIR afin de recueillir les dons.

À quinze heures, on a déjà 198,25 $ dans la cagnotte.

Avec la permission de Gerry, Pic-Bois s'approche alors de la scène et s'empare du micro.

— Pour deux gros... ses... piastres, je vais vous envoyer la *Turlute du joyeux vagabond* que j'ai le Pic moi-même en per... sonne inventé de ma pro... pre compo... campo... compa... composition.

Surprise!

Un des Gilbert s'approche et vient déposer deux dollars dans le vieux bas de laine troué de Pic-Bois. Ce dernier s'exécute aussitôt. Pour fredonner sa turlute, son seul instrument de musique est sa bouche édentée. Mais attention! Pic-Bois n'a rien à envier aux autres musiciens.

Malgré son titre, la turlute de Pic-Bois n'a vraiment rien de bien joyeux. Dans la station ESPOIR, c'est davantage une complainte larmoyante et triste qui envahit les oreilles des spectateurs. Mais aussi leur coeur. En effet, la turlute de Pic-Bois ressemble de plus en plus au grand cri plaintif d'un animal blessé. Blessé à mort, en plein coeur.

Peu à peu, les autres musiciens se joignent à la turlute. Discrètement, bien entendu. Personne ne veut briser la magie qui s'est installée entre Pic-Bois et son public. À la fin, c'est devenu une véritable symphonie, la *Symphonie du joyeux vagabond*. Avec en vedette et en pleine gloire, le soliste Pic-Bois, à la bouche édentée et aux bas troués.

Aux derniers accords de sa complainte, les gens ne peuvent s'empêcher de faire un triomphe au turluteux.

D'un air inquiet, Pic-Bois regarde alors la foule. Effarouché, il descend rapidement de la scène improvisée. En titubant quelque peu, il repart comme il est venu. Quelques instants plus tard, on entend une voix lointaine dans la station ESPOIR qui crie à tue-tête:

— Merci, bande de pourris!... Merci, bande de sales pourris!...

Sacré Pic-Bois! Rien à faire! Même la gloire n'arrive pas à le changer.

Le reste de l'après-midi est plutôt calme.

À dix-huit heures, on a 539,85 $ en caisse.

C'est à ce moment-là que l'agent Gilbert Cadieux s'approche de Gerry.

Il lui glisse quelques mots à l'oreille. Gerry semble étonné. Que se passe-t-il donc? Y a-t-il des problèmes?

Mais non, rien de grave.

Bien au contraire, tout le monde aura droit à une autre surprise de taille. Et des plus agréables.

Après avoir été présenté par le gracieux maître de cérémonie, les deux Gilbert se tournent vers le petit groupe de spectateurs et commencent un numéro de danse à claquettes. Ça a un effet boeuf. C'est bientôt une foule impressionnante qui se presse devant les policiers dansants.

Tout le monde se met alors à les encourager en tapant des mains. Les deux Gilbert sont habiles et manipulent leurs matraques avec autant de dextérité qu'une bande de majorettes. À la fin de leur grandiose performance, ils reçoivent une salve d'applaudissements.

Bravo aux deux Gilbert!

Et merci!

Vingt heures.

Maintenant 756,55 $.

J'ai le coeur en compote.

J'ai l'impression que chaque seconde qui passe est une éternité à jamais perdue. Viendra-t-elle me retrouver avant que je ne meure d'anxiété? Sa mère a-t-elle bien noté mon message? Elle et moi, quand on se parle, je ne suis jamais sûr qu'on se comprend vraiment.

Je n'ai pas besoin de prendre mon pouls pour sentir que mon coeur bat au moins deux fois plus vite que d'habitude. Elle ne viendra peut-être pas. Je n'aurais pas dû l'inviter dans un tel endroit. Non, il aurait été préférable de lui donner rendez-vous dans un lieu plus intime. À quoi ai-je donc pensé?

— Salut, Sébastien.

Ouf! c'est Marie-Louise.

— Tu es bien pâle, qu'est-ce qui t'arrive?

— C'est probablement l'éclairage. Dans le métro, on a tous l'air de cadavres ambulants.

— Toi, tu es réjouissant pour un samedi soir de gala. Sylvain, je te présente mon jeune frère préféré.

J'ai à peine eu le temps de les saluer que Gerry est déjà à mes côtés. Il ne perd pas de temps, celui-là! Heureusement qu'il est le maître de cérémonie. Alors, il ne peut pas coller bien longtemps ailleurs que sur la scène.

— Marie-Louise, je te présente Gerry.

Et Gerry, je te présente Sylvain, le chum de Marie-Louise.

J'espère avoir été assez clair.

— Marie-Louise, je me souviens de vous. Vous étiez venue porter des sandwiches à votre frère au Forum quand lui et moi, on faisait la file pour acheter les billets du concert de Macédoine 649. Vous n'êtes pas quelqu'un qu'on oublie facilement...

— Gerry, je pense qu'on te réclame là-bas. On a besoin des talents indispensables de notre maître de cérémonie.

Heureusement, c'était vrai.

— Bonne fin de Métrothon, Sébastien. Nous, on doit partir. On s'en va au cinéma voir le dernier film de l'Italienne Mona Vinci. La critique dit que c'est un véritable chef-d'oeuvre qui fait beaucoup sourire.

Déjà, j'étais retourné me perdre dans la foule.

Marie-Louise a dû me trouver bien nerveux. Et puis, elle s'est sans doute demandé pourquoi je n'avais pas cherché à la retenir. Au moins, un peu. Avec Gerry dans les parages, Marie-Louise est beaucoup mieux au cinéma avec Sylvain. Je lui expliquerai tout ça plus tard.

Vingt heures dix.

Je continue à me promener dans la foule en quête de nouveaux dons. Quelqu'un pose alors doucement sa main sur mon poignet. Tout doucement.

— Bonsoir, Sébastien.

C'est elle.

Oui, c'est bien elle, Gabriella.

Elle est venue, elle a donc accepté mon invitation. Mais qu'est-ce que je fais maintenant? Est-ce que je l'embrasse sur les joues pour la saluer? Est-ce que je la connais assez pour ça? Je n'ai pas à me torturer les méninges bien longtemps, car Gabriella prend l'initiative. Elle s'approche de moi et m'embrasse sur les deux joues.

— Bonsoir, Gabriella. Comme ça, tu es venue?

— C'est bien ce que tu voulais, Sébastien, mais tu as l'air déçu de me voir. Tu n'es pas content que je sois venue?

Moi, pas content de la voir? Où va-t-elle donc chercher de pareilles idées?

Voyons, je suis fou de joie. Mais ce genre de choses ne s'explique pas facilement. C'est bien moi, ça. Comme d'habitude, je fais tout le contraire de ce que je devrais faire. Bon, du calme, Sébastien, et réponds-lui quelque chose. N'importe quoi, mais pour l'amour, dis quelque chose.

Ne pas oublier: dans mon coeur, respirer la liberté, nourrir la fougue, chanter l'amour, goûter la vie!

Et enterrer la honte profondément, le plus loin possible du coeur.

— Tu n'es pas pressée, j'espère?

— Pourquoi je serais pressée, Sébastien? Je suis venue te voir, je n'ai pas d'autres rendez-vous. Est-ce que ça va bien, le Métrothon?

— Oui, oui, ça va bien. On va sûrement dépasser notre objectif. Mais ça va encore beaucoup mieux depuis quelques instants.

Pour une fois, bien dit.

— Si tu veux, je peux t'aider à ramasser des fonds. Moi, dans la vie, j'aime bien faire ma part.

Bonne idée.

Je lui donne un gobelet. Et elle s'en va faire une collecte. Ça me donne le temps de m'approcher de Gerry. Dans dix minutes, ce sera mon tour de chanter. En exclusivité, la chanson que j'ai composée pour l'événement. Je disparais aux toilettes pour revenir dix minutes plus tard.

Blanc comme un drap.

Des trémolos dans la voix.
Néanmoins, j'attaque *Une chanson pour Gabriella*.

Dans une ville lointaine
aux nuits bien incertaines
le soleil s'est couché
pour ne plus jamais se relever.

Dans cette ville maudite
c'était le mauvais sort
il fallait prendre la fuite
et courir plus vite que la mort.

Fuir los cuervos de la muerte
pour des vallées de lumière
où les plantes poussent très vertes
et les coeurs peuvent rester fiers.

Maintenant je suis amoureux
d'une perle de Santiago du Chili
qui s'est échappée de son pays
il y a dix ans aujourd'hui.

Gabriella veux-tu être ma chérie?
Je t'en prie dis oui dis oui
pour que jours et nuits
amoureusement réunis

dans la joie de nos corps ravis
on éloigne à jamais de nos vies
los horrorosos cuervos de la muerte
les affreux corbeaux de la mort.

C'est fait.

Je me suis mis à nu.

Gabriella s'approche de moi. Elle me prend dans ses bras et me serre très fort. Moi, j'en ai les larmes aux yeux. Tous les deux, on frissonne. Comme des feuilles, à l'automne, qui s'apprêtent à quitter leur arbre pour tomber sur le sol, dans les bras du vent.

Tous les deux, vivants et fragiles.

Gabriella me souffle à l'oreille:

— Pour un gars gêné, Sébastien Letendre, je trouve que tu fais d'immenses progrès.

— Gabriella, est-ce que je devrai attendre encore longtemps avant de connaître ta réponse à ma proposition?

Elle me regarde en souriant.

— Voyons, Sébastien, c'est oui, cent fois oui, mille fois oui. Une telle proposition, ça ne se refuse pas. Mais je pense que je vais avoir de la difficulté à ne pas être jalouse. Au fond, sous tes dehors de gars timide et malhabile, tu es un grand séducteur. Tu dois faire le même numéro grandiose à toutes les filles.

Si elle savait!

— Il y a une chose cependant qui me chicote, Sébastien. *Jours et nuits, amoureusement réunis, dans la joie de nos corps ravis*, c'est bien beau. C'est sûr que ça fait une très belle chanson, mais en réalité, c'est plus compliqué que ça. C'est sûr, c'est un programme plutôt alléchant que tu m'offres là. Mais si tu es d'accord, j'aimerais qu'on en discute comme il faut avant de passer à l'action.

— Ne t'en fais pas avec ça, Gabriella, je ne suis pas pressé. J'ai même tout mon temps.

— Je connais les gars, Sébastien. Ils disent tous qu'ils ne sont pas pressés mais, à la première occasion, ils nous sautent dessus. Amoureusement, bien sûr, mais ils nous sautent dessus quand même.

Tu verras, Gabriella.

Tu verras bien.

Cinq, quatre, trois, deux, un.

Vingt-trois heures.

L'objectif de 1 000 $ est maintenant dépassé.

— Sébastien, je dois maintenant partir. J'ai promis à ma mère de rentrer à la maison avant minuit. Tu comprends, elle s'inquiète tellement à mon sujet. Je suis sa dernière raison de vivre. S'il fallait qu'il m'arrive quelque chose, elle ne s'en remettrait jamais.

— Mais je vais aller te reconduire.

— Non, non, finis ton Métrothon...

— J'y tiens, Gabriella.

Le temps d'avertir Gerry.

— Pas de problème, Sébass, l'objectif est dépassé. Tu as fait plus que ta part. Mais je vois que tu es largement récompensé. Belle fille, cette Gabriella. C'est donc elle que tu cherchais tout le temps dans le métro. Sébass, je voulais te demander, pour ta soeur, elle n'est pas restée bien longtemps...

Malheureusement pour Gerry, je n'ai pas le temps de placoter. Au sujet de ma soeur, une autre fois, je lui expliquerai. Même si je suis sûr qu'il ne veut rien comprendre.

Gerry, cette nuit, je te souhaite de ne pas trop pleurer dans tes oreillers. Oui, tu seras seul, tout seul, une autre fois, dans tes draps. Malheureusement pour toi, ma soeur sera encore ailleurs que dans tes bras.

Salut, cher flamant rose légèrement arrondi.

Salut Gérard Desgroseillers, alias Gerry Ciment, alias Gros-Tas.

Au plaisir de te revoir heureux.

Autant que moi.

Maintenant, je dois partir, car le bonheur réclame ma présence à grands cris.

Station ESPOIR vers Station LIBER-TAD!

Gabriella et moi sommes collés comme des amoureux. Entre nous deux, il serait même impossible de glisser une soie dentaire. Pour la vie, loin de la mort.

Tellement heureux que j'en frissonne de partout.

Le plaisir d'être bien dans sa peau.

Bien, si bien dans sa peau.

Je m'en souviendrai longtemps de ce samedi de Métrothon à la station ESPOIR.

Le plus beau jour de ma vie.

Muchas gracias, Gabriella.

Mon amour.

Fin de la novela

Table des matières

Achevé d'imprimer
sur les presses de Litho Acme Inc.
3e trimestre 1990